新潮文庫

消滅飛行機雲

鈴木清剛著

消滅飛行機雲　目次

消滅飛行機雲

ひかり東京行き

彼女の声は、きんと高い。受話器の向こうからでも高く響く。真子はそのトライアングルの音色みたいな声で、大人げないことを言ってばかりで、わけを説明しても謝っても、少しも理解を示さない。僕はそうしたことのすべてにうんざりしてしまった。

「だからとにかく、本当にごめん！　この埋め合わせは、いつかきっとするよ」

僕は同じ文句を繰り返しながら、出発の時刻が気になって、改札口の時計を覗《のぞ》き込んだ。電話の向こうにいる真子は、周囲のざわめきも無数の靴音も吹き飛ばすほどの勢いで、しゃべってしゃべってしゃべり続けていた。僕は鼻からゆっくりと息をもらし、テレフォンカードをもう一枚差し込んだ。

「……うん、スケジュールノートにだって、ちゃんと赤マルつけといたし……そりゃもちろん、すべてにおいてオレが悪いと思ってるよ……うん、失敗だったと思う……」

受話器を持ち替えて僕は、額の汗をぬぐった。卵から孵《かえ》ったばかりのヒヨコを相手にしているような気分だ。

「仕事だから、どうしようもないよ……うん……連絡が遅れたことについては、本当に申しわけなく思ってる……え？　そんなことできるわけないだろ？　だから何度も言っているように……そんなにわめくなよ……なんで理解できないんだよ？」

僕は言ってしまうと、自分が悪いという気持ちが急に薄れだし、真子に対してじりじりと怒りが込み上げてきた。今夜の約束を、忘れていたわけではなかった。

もう一度、僕はわけを説明した。携帯電話がショートしていたこと。今朝になって突然、名古屋への日帰り出張が決まったこと。到着までに目をとおしておかなければならない資料が山ほどあって、移動中には電話をかけられなかったこと。これから東京へ戻るところだけど、出張のおかげで仕事が残ってしまい、戻っても会社に直行しなければならないこと。だから今夜は、花火大会へは行けなくなったのだということを、僕はできるかぎり口調をやわらげて説明した。

きん、と真子は声をいっそう高くさせてしゃべりだす。４００キロの距離さえ一瞬にして飛び越え、甲高いそれが耳の奥まで入り込んできた。

「あのさ！」

僕は声を大きくして言った。そして気付くと僕は、社会人とはなんたるか、についてと自分の仕事に対する考えを、いくぶん強い調子で語り始めていた。まったく本当に、ききわけがないにもほどがある。僕は口を動かしながら、数週間前、課長が熱唱していたジュリーの歌を思い出し、ボギーの時代なら、びんたのひとつやふたつ食らわしちゃうとこだよな、と思った。

ひといき入れたところで、真子が無言であることに気付き、「ね？　聞いてる？」と呼びかけると、ぷつん、と電話が切れた。

ピーピーと音をたてる公衆電話の中に、小さくなった真子がたくさん詰まっているような気がした。やってしまった、と僕は思った。だけどこれでいいのだ、とも思った。時計に目をやり、出発までの時間がまだ数分あることを確認すると、売店に行ってワンカップ酒と幕の内弁当を買いこみ、僕はホームへと急いだ。

真子とふたりきりで会うような仲になってから、すでに二年と半年が過ぎていた。けれど年月ほどは、僕たちはふたりの時間を過ごしていない。会社の仕事が忙しく、ときどき僕が休日出勤することもあって、デートといえそうなものが、僕たちの場合は週に一度もできない。平日にどこかで待ち合わせして、食事をしたり映画を観《み》にいったりすることは、今のところ不可能に近い。会うとすればたいてい深夜だ。

はじめの頃は、近所のファミリーレストランに行ってビールを飲むか、ビリヤード場で下手の競い合いをするかしていたけれど、その最終地点は、ひとつしかないのだと互いにわかってくると、僕のアパートに直行するようになった。そしていつの頃からか、ひとつの流れができあがった。真子はそれを、

「ぱちんの三連発」

と言った。隣でうとうとしていた僕は、

「何それ?」と尋ねた。

「ぱちんとコンドームを使って、ぱちんと電気を消して、ぱちん、と寝ちゃうでしょう?」

「ぱちん、ぱちん、ぱちん……そんなもん?」

「でも、ありたいていいに言うとそーなの」

「ありたいていに言ったら、人間の一生だって、ぱちん、みたいなもんだよ」

「じゃあ、ぱちん」

真子は指を鳴らしながら言った。じゃあ、じゃないだろう、と僕は思ったが、毎晩、自分がすぐに寝てしまうことは否定できなかった。

部屋に戻ると条件反射的に、ダッシュでシャワーを浴びて、ダッシュでふとんの中に潜り込まなければ、と僕は思う。日によっては仕事で睡眠時間がほとんどとれないこともあるから、やるべきことは早めに済ませる習慣が身についている。一方真子は、派遣会社に名前を登録し、週に三、四日、一日きっかり七時間しか働いておらず、気分的な余裕があるのかないのか、僕の部屋に泊まるときは、いつも朝方近くまで起きている。

就寝間際《まぎわ》、無駄話をしたり、脚の毛を引っぱったり、真子は決まって僕を寝かせまいとするのだが、僕は翌朝も早くから起きて会社に行かなければならないわけで、延々と彼女の相手をしているわけにもいかない。体が休むことを求めている。今日はこれまで、という感じで、僕はスタンドの電気を消し、真子にいたずらされても構うことなく眠りに落ちる。彼女はそのたびにきんとした声で、「さようなら!」とか「御臨終!」とか僕の耳をつついてくる。

ときには本気で怒りだしてしまうこともあるけれど、正直なところ、僕にとってそうした時間は、決してわずらわしいものではなかった。むしろ幸福すら感じていた。真子がまだ起きていることを知り、真子の気配を感じながら眠りの中へと落ちるのは、死ぬときもこうやって死にたいと思うほどに気持ちがやすらぐ。けれど気分をよくしているのは自分だけで、どうやら彼女のほうは、こういう生活に物足りなさを感じているようだった。

ある晩、真子はふとんの上で枕《まくら》をぽんぽん叩《たた》きながら、「たまには海外旅行にでも行って、ぱーっと遊びたいよう」と言った。僕は寝返りを打ち、「時間があるんだからいくらでも行ってくればいいじゃない」と答えた。そしてまたあるとき真子は、でんぐり返しをしてその大きな尻《しり》を天井に向けたまま、「もっとふたりで笑ったり泣いたりしたいよう」と言った。僕は大あくびして目に涙を溜《た》めているところだったから、「ほら、チャンス到来」とふやけた笑い顔をつくって答えた。

真子のいわんとしていることはなんとなくわかっていた。ふたりで過ごす時間が少ないことは確かだった。けれどサラリーマンが自分の都合で、ましてや女と一緒にいたいからなんていう理由で、時間の調整ができるわけもなく、こればかりは僕にはどうすることもできない相談なのだ。それに休みがとれたときは、どこかへ一緒に出掛けるようにしていたし、組織に属するひとりの人間として、仕事を優先するのは当然のことだと思っていた。だから具体的に無理なことを言われたときは、僕は間髪入れずにはっきりと言った。

「わるい。また今度にしよう」

「今度っていつ？」

「いつかきっと、ってことだよ」

下唇を突きだして真子は、不満気な顔をしたけれど、それ以上はもう何も言わなくなった。僕は彼女が了解したと受け止め、あれこれ語りあうことなく話を終わらせた。時間がほしいという気持ちは、自分にも確かにあったが、口に出してもはじまらないことだと思っていた。

そして先週の日曜日、真夜中過ぎのことだった。多摩川の花火大会へ行く約束を、僕は真子に無理矢理とりつけさせられた。彼女は腕立て伏せ状態にあった僕の両腕の中にいて、ついさっきまではまったく別の顔をしていたくせに、赤ん坊が急に泣きやむみたいに、表情をころりと変えて言った。

「ねえ、花火大会へ行こうよ」

真子は僕の腕をつねったり叩いたりしながらしゃべり始めた。多摩川の河川敷で行われるそれは、世田谷区と川崎市が両岸から競い合って花火を打ち上げる、なんとも盛大なものらしかった。「ニコちゃんマークの顔になる花火もあるんだって！　ねえ、行こうよう」と真子は言った。

僕は体の性的欲求が頂点に達していたところで、「ううん？」と喉《のど》を鳴らすことしかできなかった。そしてエアコンの風が背中の汗を急速に冷やしていった。真子は僕がＯＫしたと勝手に受け取り、「絶対だよ絶対だよ」と繰り返していた。僕は事態をかえりみるまも与えられないまま、約束のキスをさせられた。

何をこいつはほうけたことを言ってるんだろう？　と僕は思いながら、その晩は何も言わずに眠りについた。僕の勤める会社には、一カ月に一度、ラッシュともいうべき仕事の山場がある。花火大会が開催される日は、ちょうどその頃と重なっていた。たぶん、真子は時期的な勘違いをしているのだろう。僕はそう受け止め、朝食のときにでも話せばわかることだと思っていた。

けれど翌朝、声をかけても揺さぶっても、真子は起き上がろうとせず、ねじれたタオルケットを抱きしめるようにして寝転んだまま、ぴくりとも動かなかった。瞼《まぶた》の皮を引っぱって、目を強引に抉《こ》じ開けてもみたが、彼女はタオルケットで顔をすぐに隠してしまう。断固としてたぬき寝入りを決め込んでいる。それから数秒して、僕は自分が嵌《は》められたことを知った。以前にも同じような手口で約束を強いられ、カシミアのマフラーを買うはめになったことを思い出した。

「……しょーがないなあ」

朝の短い時間では話が終わりそうにもないと思い、僕はいったんあきらめ、ネクタイをウィンザーノット式にきっちりと結びつけて部屋を出た。

　太陽がアスファルトにくっきりと焼きつける、黒く長い自分の影から逃げだすみたいに、駅までの道を足早に歩き、いつもの時間のいつもの電車に乗り込み、効きすぎているくらいの冷房で、ワイシャツの襟に滲《にじ》んでいた汗がようやく乾き始めた頃、それにしても、なんだよな、と僕は思った。真子は会社の忙しさも、いまだに新人扱いを受けている僕の立場も、去年までは同じ部署で派遣社員として働いていたわけだから、充分すぎるくらいわかっているはずなのだ。確実にこなさなければならない仕事が次々と増えていって、社内の廊下を歩くのさえ小走りぎみになってしまう時期だ。花火大会に行っているどころではない。

　計画的犯行であれば尚《なお》のこと、不意をつくような真似《まね》までしてどうしてあんなことを言いだしたのか、僕は真子を不審に思い、電車に揺られながら眉《まゆ》をひそめた。マフラーを買うのとはわけが違う。頭上では、英会話スクールの広告が扇風機にあおられ、パタパタ音を立てていた。

　僕は会社までの道を歩きながら、真子との最近の会話を思い出し、石に蹴《け》つまずいたみたいに突然、ひとつの考えが頭に浮かんだ。もしかしたら真子は、いつものように即答で断られるとわかっていたから、あんな強引なやり方をしたのかもしれない。

彼女なりの、最後の手段だったのかもしれないと。

エレベーターの扉が、チン、と音をたてて開いた。見慣れた先輩社員や同僚たちと挨拶《あいさつ》を交わし、僕は中に入った。一種異様な緊張感と静けさに包まれ、職場のあるフロアに出ると、どんなに眠いときでも自然と背筋が伸びている。タイムカード代わりの名簿にシャチハタを押し、自分の席に着くと、机の上のビニルシートに挟んである業務進行表を手にした。不意をつくような真似までして、ふたりの時間をつくろうとしている真子に対し、僕はあきれてしまったが、愛《いと》おしくも思い、どうにかしてやりたい気分になった。花火大会の時間だけ抜け出して、会社に戻るという方法もある。仕事を前倒しにして進めていけば、時間をつくることができるかもしれなかった。

「……まあ、たまには、こーゆうのもいいんじゃないでしょうか」

周りには誰もいないことを確認してから、僕は仕事口調でつぶやいた。それからの何日かは、いつも以上に自分のテンションを高め、仕事をてきぱき片付けていった。会社がすでに忙しい時期に入っていたから、深夜に真子と会うこともなく、毎晩、終電間際まで働いた。

正直なところ、僕は時間に追われることをどこかおもしろがっていた。そしてどちらかというと普段からして、居直り半分、気忙《きぜわ》しく働くことを楽しんでいるようにも思う。やらなければならない業務を、自分の考えを織り込みつつ、かつ上司とのコミュニケーションも忘れず、ほぼ完璧《かんぺき》に近いかたちでこなせたときは、気持ちがいい。パズルのピースをしかるべき場所に、ばちんと収めることができたときのような、爽《そう》快感《かいかん》がある。それに向かっているときはいつになく頭の中がフル回転し、意識は恐ろしいくらいに鮮明で、足腰までが軽くなったような気分になる。どこまでもどこまでも走っていってしまえそうな、スーパーナチュラルハイ状態になるのだ。

僕はそうなるとほかのことが考えられなくなる。そして結果的に、真子を怒らせることになってしまった。たびたび彼女からは、約束の念押しをする伝言が携帯電話に入っていた。けれど仕事に没頭するあまり、というよりも仕事にいったん集中させた意識を乱したくはなかったから、僕は一度しか返事をいれなかった。それも本人に直接連絡したわけでなく、彼女が携帯電話の電源を切っている時間帯をねらい、

「オレです。今はバリバリ忙しいけど、元気です。真子もお元気で。じゃあまた」

と当たり障《さわ》りのないメッセージを吹き込んだだけだった。要するに僕は、真子と話すことを意識的に避けていたのだ。おかげで仕事は順調に進み、花火大会の二日前までくると、会社を抜け出せる可能性が目に見えて出てきた。そして僕はその晩、携帯電話をショートさせた。

部屋に戻ると、僕はすぐにでもシャワーを浴びようと思い、灯りを点《つ》けるのと同時にスーツを脱ぎ始めた。ジャケットとネクタイはきちんとハンガーに掛けたものの、ワイシャツとスラックスは一畳キッチンの隅に置いてある、簡易式のイスの上に無造作に載せた。イスの脇《わき》には、一週間ぶんの汚れものが詰まったランドリーボックスが置いてあり、それを見て下着の替えが底をつき始めていたことを思い出し、深夜ではあったが洗ってしまうことにした。

異様な音に気付いたのは、シャワーの湯を背にしながら歯を磨いているときだった。浴室を飛び出し、台所にある洗濯機の蓋《ふた》を開けてみると、いつのまにスラックスの後ろポケットからすべり落ちたのか、携帯電話がトランクスとからみあい回っていた。

仕事をどうにかして片付けなければならない、約束の日までに残された時間は、あと丸一日しかなかった。携帯電話を修理に出しにいっている余裕はなく、真子が何度となく伝言を入れていたことも知らないまま、花火大会の当日、つまり今日の朝を迎えた。午前中に仕事の調整を終わらせ、午後いちばんに彼女に連絡を入れる。それが僕の頭にあった計画だった。けれど会社へ出勤すると職場の朝礼後、名古屋への急な出張を、上司から言い渡されてしまった。

約束を守ることも、手持ちの仕事を終わらせることもできないとわかり、ゴム風船がしぼんでいくように、気抜けしていく自分がわかった。ダブルパンチだと思った。そして名古屋でのつかいっぱしり仕事を片付け、そろそろ真子に電話をいれなければと思ったときには、すでに昼の二時半を過ぎていた。

新幹線に乗り込むと、僕はネクタイの結び目を大きく崩しながら自分の席へ向かった。会社には自由席ぶんの料金しか請求できないことはわかっていたが、帰りくらいゆっくりしようと思い、指定席の乗車券を購入していた。

加速を始めた列車の中、見付けたふたりがけの席の窓側には、若い女性が坐《すわ》っていた。窓のふちに肘《ひじ》を立て、胴をねじらせた状態で背を向け、外の景色に見入っている。栗色《くりいろ》の長い髪が肩の上で、木の根のように広がっていた。

名古屋滞在わずか三時間の、あわただしい日帰り出張だ。僕は心ひそかに、ふたりがけの席をひとりで占領したいと思っていた。けれど思惑は見事にはずれ、おまけに車内はほぼ満席で、指定席の乗車券を買ったこと自体が失敗だったのかもしれない。車内状況が確認できない、タッチスクリーン式の券売機を、僕はうらめしく思い、耳の裏側をこりこりと掻《か》いた。出張のことにしても、真子とのことにしても、今日はついていないことばかりだ。しかも女は、席を間違っている。乗車券をもう一度確認したが、間違いなく窓側が僕の席だ。

僕は鞄《かばん》を棚に載せると、彼女に声をかけることなく、通路側の席に着いた。別にたいしたことじゃない。これ以上、イライラするのはやめにしよう。もしかしたら、新たな出会いと成りうるかもしれないわけだし、彼女に恥をかかせないことを挨拶代わりとしよう。僕は自分の気障《きざ》な考えを胸のうちで嘲り《あざけ》、そのうちに気分が少しよくなって、ワンカップ酒を手に取った。こんなところで酒を飲んでいるのを知ったら、真子はいったいどう思うだろう？　ふと頭に浮かんだ彼女の顔をすぐに打ち消し、ひんやりとした液体を喉に流し込んだ。

帰りの新幹線の中で酒を飲むことを、僕は名古屋へ向かうまでのあいだにすでに決めていた。酒盛りしている若者たちが車内にいたせいもあったが、ぐっすり眠るためにも、ちょっとした潤《うるお》いを自分に与えるためにも、酒が飲みたかった。東京へ戻ったら、今夜も終電間際まで働かなければならない。

「あい……うん、そう、さっき名古屋を出たとこ……うん、大丈夫、あい、じゃね」

急に声がして、僕は顔をもろに横に向けた。隣席の女は、携帯電話のアンテナをもとに戻しているところだった。バイブレータ設定にしているらしく、着信音は鳴らなかった。栗色の髪の脇《わき》から横顔がちらりと見え、僕はすぐに顔を前へ戻した。

——キビキビしているようでボケボケなんだもん。

真子はさっきの電話で何度もそう繰り返していた。確かに彼女の言うとおりだと思う。携帯電話をショートさせていなければ、状況はもう少しましだったのかもしれなかった。僕の部屋の電話機には、ファックスも留守番電話の機能もついていない。会社には絶対に電話するなと言ってあったから、今夜の約束のことを確認しようにも、真子にしてみれば連絡手段を失っていたわけだ。

怒るのも無理はない。やっぱり、もっと早くに電話をするべきだったのかもしれない。僕はそう思いながら、まったく理解を示さないでいた真子を思い出すと腹が立ち、反省する時間を長くは持てなかった。オレだって、約束を守るためにやっきになって働いていた。くそ真子め。僕は頭の中でぶつぶつ言いながら、口に含んだ酒をもてあそぶように舌の上で転がした。

「あい……うん、うん……そーかもしんないけど、しょーがないでしょ……うん、そう、ひかりのー、確かあ……何号だろ？　だからさっき……え？　そう？　じゃあ、いいの？　ふーん……てゆーかさあ、考えてみなよ、あたし、何時に寝たと思ってんの？　そう、うん、そーゆうこと……」

隣の女はまた電話でしゃべっていた。僕は頭を動かさないようにして、彼女のようすを横目に眺めた。白いコットンのランニングを重ね着し、コーヒー色に焼けた肌をさらしている。少年のようにするりとした腕はくの字に折れ曲がり、手には豹柄《ひょうがら》の携帯電話を握りしめていた。顔をはっきりと見ないことにはわからないが、体の雰囲気からすると、まだ高校生くらいなのかもしれない。

窓ガラスの向こうには雑木林があらわれ、僕は女から目を離し、ひさしぶりに見る緑の景色を眺めた。濃すぎるくらいの、強い緑色を。太陽の光を吸収するでも跳ね返すでもなく、黙々と、林は存在していた。セミの鳴き声とみずみずしい風の印象が頭によぎり、夏だ、とぼんやり思っていると、緑の景色は後方へと消えていった。

「あい、うん……なんで？　ひどくなーい？　だってさっき……うん、知ってる……うん、うん、別にいいけど……だーらあたしが言ってんのはー、別に出掛けたけりゃー出掛けてもいいけど……あん？　そーじゃないでしょ……うん、うん、知ってる、渋谷からイノヘッドでしょ？　だって去年、そこで飲んだことあるじゃん……何それ？　あー、はいはいはい……いいよ別に、好きにすればいいじゃん……うん……わかった、あい、じゃね」

若い女は小さな声でしゃべっているつもりらしいけれど、言葉はひとつ残らず耳に入ってきた。イノヘッドとは何かを僕は考えてみたが、見当もつかないまま女の話は終わった。

ついつい聞き入っていた自分を、僕は思い出したように恥じ、前シートに備え付けられたミニテーブルをひろげ、買っておいた弁当を載せた。割り箸《ばし》を割ったのとほぼ同時に、隣の女は煙草《たばこ》に火を点けた。それから数秒後、僕は何の匂《にお》いなのかと思い、あたりを見回した。しばらくしないうちに、蒸れた靴下のようにひどく臭いそれが、女が吐き出している煙の匂いだと気付いた。

女は僕が弁当を食べているあいだ、煙草をずっと吸い続けていた。車内の空調がすこぶる悪く、匂いと煙たさを気にしないではいられない状態だった。けれど喫煙車の指定席を選んだ喫煙者が、隣の喫煙者にひとこと言うのもおかしな話だと思い、僕は早めに食事を済ませてゴミを片付けると、自分も煙草を吸い始めた。

窓の向こうには、平均的な高さを保った町並みが延々と続いていた。女と僕の煙がひとつのかたまりになり、窓ガラスの手前でゆっくりとうごめいていた。その視界の片隅で、女は携帯電話を耳に当てがおうとしていた。僕は正面に目を戻した。

「あい……知らない……ねえねえ、あんたさ、じゃーあたしは何してんの？　それまでテレビとか見てんの？　あん？　何言ってんの……ふざけんなよなー……ねえ、あたし、かわいそーだと思わない？　ねえ？　だいたいさー、なんでそんな約束すんのー？　あたしの立場ないじゃん……そう……そう……でしょ？　それにさ、そっち行くのにいくらかかると思ってんの……ずるいじゃん、そんなの……まったくさー、計画性がないっつーかさー、気持ちにゆとりがないっつーかさー……うん、うん……もういいよだから……うん……」

僕はそろそろ眠りにつこうと思い、リクライニングシートの背もたれを後ろに倒した。シャツの釦《ボタン》をひとつ外し、瞼を閉じると、眼球にしびれるような快感が一瞬走り、ガンを張りすぎた、と思った。がんばる、というのは、眼を張る、ということなのだと、今の会社に入社した頃から思うようになった。がんばらなければならないと思うときは、眠気と戦っているときがほとんどだったからだ。

もし、何かきっかけがあって、隣の女と口をきくような仲になっていたら、そんな他愛《たわい》もないことを話題にして、失笑をかったのかもしれない。僕はうとうとしかけた意識の中で、彼女と話をしている自分の姿を想像した。

こめかみが弾《はじ》かれたように、隣からライターの石をこする音が聞こえ、女が吐き出す煙の匂いがあたりに漂い始めると、頭に描かれていたふたりの姿は、やがてまったく別の映像へと変わっていった。

幼い頃、よく遊びにいっていた近所の友達の家だ。誰の仕業なのか、家中の襖《ふすま》が縦横無尽に引き裂かれ、アニメのシールがいたるところに貼《は》ってあった。促されるまま、留守にしている友達の兄の部屋へ入り込み、学習机の引き出しのいちばん奥にしまってある『写真時代』を引っぱり出して、何人かの仲間たちと女の裸を見て騒いだことがあった。友達の兄は高校生で、僕たちとは十歳近く歳《とし》が離れていた。部屋には剣道の道具やジャージが散らばっており、それらひとつひとつの物がとても大きく、女のおっぱいや尻《しり》とは対照的に目に映った。そして子供のものとも女のものとも違う、汗の匂いがあった。

当時は嫌悪感《けんおかん》さえ抱いていたけれど、ずいぶんあとになってから、それが自分からも臭《にお》うことを知った。僕は記憶の中の匂いと女の煙草の匂いを重ね合わせ、そしておそらく、今の自分からも同じような匂いがしているのかと思うと、不思議な感じがし、またうんざりもした。

「……あん？　そんなの知るわけないじゃん……たぶん、五時半くらいじゃないの……うん、うん……で？　結局どーすんの？　さっきの話……あ、そう……あーあ、かわいそーなあたし、すげーかわいそー……うん……まあ、いいんじゃないのー、そーゆうことで……あい、じゃね」

息苦しくなって目を開けると、車内が煙でうっすらと白くなっていた。壁や天井をよく見ると、煙草のヤニで車内全体が、薄茶色に染まっているのがわかった。隣の女は相変わらず、窓の外を眺めながら煙草を吸い続けていた。

「あい……もう何？　あんたさ、ほんとうにもういい加減にしてよねー……うん、うん、えー、だって、あたし知らないもんその人……いいよ、遠慮しとく……うん、いいんじゃないのー、好きにすればー……あ、ねえねえ、どーでもいいけどさ、あたしの除光液、捨ててないよね？　出掛ける前に探しといて……うん、そう、紫色のボトル……ねえ、ちょっとわかってるー？　くれぐれも言っとくけど、あたしは今、一カ月ぶりで東京に向かってるんだよ……わかってるよね？　それにさ、今日ってなんの日だか知ってるー？　そう……うん、うん、そーゆうこと……あい、じゃね」

女はかなり気が立っているらしく、声の調子が少し前までとは比べものにならないほど強くなっていた。肘掛けの灰皿は飛びださんばかりに山になり、吸殻の火が何本か消えておらず、黒い煙がくすぶっている。なんだかなあ、まったく、と僕は思い、体を起こして自分も煙草に火を点け、女の煙を巻き返すように煙を吐き出した。

女への電話は、数分とあくことなくかかってきた。長いあいだしゃべっていることもあれば、ひとことふたことしゃべって、電話をすぐに切ってしまうこともあった。僕は無意識のうちに、女の話を頭の中で組み立てていた。電話の相手はどうやら彼女の恋人で、その彼は目下のところ、東京のどこかにいて、彼女は一カ月ぶりだかで彼の部屋へ行こうとしている。しかし彼は、彼女と約束をしていたにもかかわらず、友達と遊びに出掛けようとしていて、今さっき、彼は部屋を出ていってしまったらしい。

要するに女は、すっぽかされた、約束をすっぽかされようとしている瀬戸際《せとぎわ》なのだ。そのために苛立《いらだ》って煙草を吸い続けているのか、単にチェーンスモーカーなのかはわからないが、彼女は、彼をふたりの場所である彼のアパートに、どうにかして引き戻そうとしているらしいのだ。

それにしてもわからないのは、相手の男だ。移動中も、どこかの店に着いてからも、女に頻繁に電話をかけている。どうしてそこまで電話をかけてくるのか？　もし彼女をからかっているだけなのだとしたら、ずいぶんと嫌味なことをしている。チンピラまがいの男なのかもしれない。どっちにしても、この女とその男に、僕は刻々と敵意を持ち始めていた。着信音が鳴らないとはいえ、女の声が耳について眠るどころではなかった。そして煙草の煙と、その匂い。

「あい……うん……うん、ねえ、もうやめようよ、こーゆうの……もういいよ、ふざけんなよ……うん……あんたにはさ、思いやりってもんが欠けてるんだよ、わかる？　お、も、い、や、り……ちょっとしたことだよ……あたしも口が悪いかもしんないけどー、言い方とかさ、あると思わない？　ねえ、聞いてんの？　ばっかじゃないの……あい、じゃね」

　思いやりがないのはきみだろう？　と僕は思った。女の声と煙は、容赦なく体の内側へと入りこんでくる。僕は次第に、自分がますます刺々《とげとげ》しくなっていくのを感じ、鼻と耳をスイッチオフにすることができないかとか、この女がどこかで途中下車してしまわないかとか考え、そして腕時計を何度も覗《のぞ》き込んだ。けれど次の停車駅は新横浜駅で、女は聞くところによると、終点である東京駅に向かっている。東京駅まではあと一時間もかからないが、僕としてはできることなら、新幹線を一瞬にしてワープさせてしまいたいところだった。

「ちょっと聞いてんのー？　耳の穴、よーくかっぽじってよねえ……わかったー？」

　目の前のシートの背に、携帯電話、ＰＨＳ等はデッキでご使用願います、と書いてあるのがわからないのか？　まったく本当に、常識知らずなやつだ。僕はそう思い、女を横目にぎっと睨《にら》みつけた。

「あい……うん……ねえ、そんなのあたしだって同じだよー、わかりたいけどわかんないよ……うん、でしょう？　だってあんたが言ってるのってー、ちーっとも理屈になってないもん……そうじゃない？　セカセカしてばっかでさー……あん？　人の気持ちってもんを考えたことなんてないでしょう？　世の中を生きてくにはさー、これマジな話、やさしさってもんが大事なわけ……ねえ、聞いてんのー？」

トンネルの中に入り、窓の外が突然まっくらになった。僕は窓に向けた視線をそのままゆっくりと、女のほうへと下ろした。窓ガラスに映っている半透明の女の顔は、能面の般若《はんにゃ》みたいに険しくゆがんでいた。栗色《くりいろ》の髪の毛だけは触ってみたくなるほどやわらかそうに見えたが、この煙草の匂いにまみれているのかと思うと魅力も何もなかった。僕は真子のことを思い出し、乗車する前の電話で、真子も彼女と同じような顔で話をしていたのかもしれないと考え、つかのま心苦しくなった。理由はどうあれ、暴力以上のものを、彼女に与えたような気がしたからだ。

「すいません、ライター、借りてもいいですか？」

女の声が自分に向けられていることを知り、僕は驚き、顔を横に向けた。はじめて直視した女の目は、思っていたほど濁っておらず、唇には白く細長い煙草をくわえていた。

「……いーですか？」

煙草よりも先に、ライターのガスが切れたらしい。僕は何も言わず、煙草の紙箱の中から百円ライターを取り出して、彼女に差しだした。女は顎《あご》を突きだすような頭の下げ方をしてそれを受け取ると、煙草に火を点《つ》けようとして、すぐにやめた。急に前屈《かが》みになって足もとからビニル袋を取り出し、山になっていた肘《ひじ》掛《か》けの灰皿を掃除し始めた。もしかしたら、彼女が煙草を吸おうとするたびに声をかけられるのかもしれない。僕はそう思い、

「そのライター、もうあげます」

と背中に向かって言った。女は煙草をくわえたまま振り向き、また顎をぐいっと突きだすと、急転回するように、体を素早く窓側に戻した。

ああ、くそ女、と僕は思った。ひとこと言うチャンスではあったが、東京まであと三十分。それに注意する価値もない人間のように思え、僕は何も言わないことに決めて席を立ち、トイレへ用足しにいった。

それからまもなくして新横浜駅に着いた。何人かの乗客が降り、ふたたび新幹線がゆっくりと走りだすと、女はまたしゃべり始めた。今までと声の調子がまったく違うことに気付き、僕は聞き耳をたてた。

「……ほんとー？　騙《だま》してるわけじゃないよねー？　でもなんでよ……うん、うん……めちゃめちゃ嬉《うれ》しいよう！　だってあんたさー、ひどいよー……なんでわかったの？　時間とかさあ……うん、うん、うん……最初からそう言ってよー、もうやだ

……なんだかあたし、馬鹿《ばか》みたいじゃんよ……うん……うん……」

明かりが差したみたいに、ぱっと声を大きくしたと思ったら、突然笑いだし、笑いながら涙声になって、やがて声が小さくなった。はじめは何が起こったのかさっぱりわからなかったが、話の内容が少しずつつかめてきた。

彼女の彼は今、東京駅のホームに来ている。今まで彼が彼女に話していたこと、友達と遊びに行くとか、今夜は会えないとかいった話は、すべて出鱈目《でたらめ》で、はじめからで彼は、彼女を東京駅まで迎えにいくつもりでいたのだ。そして自宅から駅へ向かうまでのあいだ、電話を何度もかけて彼女を周到に騙し、彼は今さっき駅に着き、切符を買ってホームに入り、本当のことを彼女に打ちあけたらしかった。

今現在、東京駅のホームに立って彼女と話している男のようすが頭に浮かび、なんて憎いことをするやつなんだろう、と僕は思った。そしてなんとなく、彼女の隣に坐《すわ》っているのが悪いような気がした。

女は電話を切ると、すぐに立ち上がった。僕は咄嗟《とっさ》に寝たふりをした。車内にはアナウンスが流れ、まもなく東京駅に着くことを告げていた。目を開け、正面の扉の上にある電子ボードを見ると、同じ情報が文字になって流れていた。誰かのヘッドフォンステレオから漏れているのか、ノイズにも似た音楽がかすかに聞こえてきた。窓の外には、見覚えのあるビル群と乳白色の空が見え、車体は速度を少しずつゆるめていった。

気の早い乗客たちが棚から荷を降ろし始めた頃、女が戻ってきた。手には小さなポーチと、歯ブラシが入っているとわかるプラスチックのケースを持っていた。僕は脚を手前に引いた。彼女の陽に焼けた肌と白いランニングが目の前を過ぎたとき、風が吹き抜けていくような、柑橘《かんきつ》系の、香水の匂いがした。

このような光景は、テレビのコマーシャルで見たことがある、と僕は思った。彼女と彼は、夏だというのに体をしっかりとあわせて、ホームで抱きあっていた。ネイビーブルーのTシャツを着た男の背中は汗に濡《ぬ》れ、頭ひとつぶん大きい彼の体が、彼女の体をすっぽりと包んでいた。脇《わき》から栗色の髪をぐしゃぐしゃにして笑う女の顔が見え、僕は急いで目を戻し、改札口へと向かう人の流れに交《ま》じった。

彼女たちのせいなのか、むせかえる東京の暑さがそうさせるのか、胸の鼓動が高鳴り、苛立ちに近いものを僕は感じていた。そして頭の中では、会社に残した仕事のことを、コンピュータなみの速さであれこれ考えていた。

僕は心を決めて足を止め、ふたたび足早に歩きだし、歩調をすぐにまたゆるめて腕時計を覗き込んだ。今なら、きっとまだまにあうだろう。自分はこれから、会社に電話をいれ、突然の風邪をひくことになるだろう。さて、真子はどんな顔をしてどんな声を張りあげるだろう？　群衆がおりなすざわめきの中で、僕は喉《のど》をいがらせ、まずは鼻声の練習をした。

麦酒店のアイドル

ガチン、とタイムカードを押し、ゴムびきのエプロンをするりと体に巻きつける。

おはよーございます！ と馬鹿《ばか》でかい声で言いながら、白い長靴を引きずって歩き、いつもの場所につく。カウンターの向こう側にいる彼女の存在を確かめ、目玉の奥までしっかりと焼きつけて、ようやく、やる気みたいなものが湧《わ》き起こってくる。

今年の春、オレはあっけなく大学に落ち、浪人生活をできるだけ有意義に過ごそうと、駅ビルの中にあるビールバーでアルバイトを始めた。水圧の強いシャワーで、食べかすをぶんと吹き飛ばしては、汚れた食器類を次々とウォッシャーマシンの中へぶちこんでいく仕事だ。グラス、フォーク、スプーン、トレー、皿、ビールサーバー、なんでもかんでもマシンで洗う。箱形の大きなそれには洗浄剤とリンスが備え付けられていて、洗いとすすぎを勝手にしてくれる。どうしてリンスまで必要なのかは、いまだによくわからない。もしかしたら、艶《つや》だしの意味があるのかもしれないけれど、見ためにはあまり変わっていないように思う。とにかくマシンはそんなことまでしてくれて、ブザーが鳴ると蓋《ふた》を引き上げて、熱々の食器類を定位置に戻していく。熱々になっているのは熱と一緒に水分を飛ばしてしまうためで、グラスや皿をいちいち拭《ふ》かなくて済むというわけだ。

店にはひとがひっきりなしに出入りしていて、五時から十時までのあいだ、まったくといっていいほど手を休める暇はない。マシンの稼《か》動《どう》中は、そこへ入れるための専用ラックに食器類を並べているか、洗いあがったものをせっせと運び回っている。

最初は、こんなちんけな仕事でまあまあの時給が貰《もら》えるなんて、と思っていた。だけど今となっては、その金額が内容に伴っていないような気がしてならない。動きっぱなし立ちっぱなしだけに、わりかしヘビーな仕事で、たった五時間でも家に帰るとくたくたで、こんなことにエネルギーを費やしている場合じゃないだろうと、日に日に思えてくる。

それでも、オレにはやめられない理由があった。店には咲《さ》月《つき》ちゃんがいる。咲月ちゃんはフルタイムで働いているウェイトレスで、淡いピーナッツ色のワンピースに、臙脂《えんじ》色《いろ》のエプロンを巻き付けた制服が、やけに似合っている。坂本龍馬《りょうま》みたいに後ろでいっぽんに縛った髪型がめちゃめちゃキュートで、いつも笑っていて、近くにいるものをなごませる雰囲気を持っていた。

それを、ウックシイ、とオレが認識できるまでには、少しばかり時間がかかった。咲月ちゃんは決して美人といえるようなタイプじゃない。瞼《まぶた》のあたりは腫《は》れぼったいし、よく見ると鼻も口もちんまりとしている。ついでにいえば、おっぱいの大きさだって想像力をかきたてられるほどのものでもない。だけど、彼女の笑顔を目の当《ま》たりにすると、誰だってとろけるような気分になる。こっちまで楽しくなってくる。カラカラした笑い声から人の良さみたいなものが溢《あふ》れ出ているようで、オレもやさしい人になろう、なんてことを思う。ふんわりしていてあったかい。咲月ちゃんには、そんな言葉がぴったり当てはまる。

仕事中、オレは暇さえあれば、カウンターとテーブルを行ったり来たりしている彼女の姿を追いかけ、チャンスがあるとすぐに話しかけた。

「元気？」

「もちろん」

「どれくらい？」

「スキップしそうになるくらい」

咲月ちゃんはそう言って、汚れた食器類をウォッシャーマシンの脇《わき》に置くと、実際にスキップの真似事《まねごと》をしながら洗い場から出ていく。オレはガム一枚ぶんくらいの幸福を感じ、洗い物をガチャガチャとマシンの中に放り込む。

時間は限られていた。それに込み入ったことを訊《き》くような勇気もなかったから、オレが口にすることはいつも決まっていた。どれくらい元気か？　咲月ちゃんの答えは毎回違っていて、「背中に羽が生えてきそうなくらい」とか、「両手をぐるぐる振り回したくなるくらい」とか言って、元気の度合いを体で表現してくれるのだ。

そうしたことを、脈がある、と受け取ってはいけないことを、オレはわかっていた。咲月ちゃんは、誰に対してもユーモアとサービス精神を持っていた。店長にも同性にもお客さんにも、誰にでも、というところが、彼女の魅力なのだ。で、決してオレだけにではないというところが、憎たらしいところでもあるのだ。

それでも自分にとって咲月ちゃんは、ピンとくる、という意味においては、理想を現実化したような女の子であり、天使にも近いような存在だった。だからこそ、眺めるだけで触れてはならないもののようにも感じられ、今ひとつ前へ踏みだすことができなかった。オレがしていたことといえば、原付自転車での帰り道、ヘルメットの中で名前をつぶやくことくらいだ。咲月ちゃん、とアホのひとつ覚えみたいに。

とにかく咲月ちゃんは、まさにビールバーのアイドル的存在だった。店にいる女の子の中ではだんとつに光っていた。口には出さずとも、従業員の誰もがそのことを認めているようだったし、店長に至っては、見ているのが恥ずかしくなるくらい、彼女だけは特別扱いしていた。同性からも確実に好かれているようで、気立ても雰囲気も申しぶんのない女の子。けれどそんな咲月ちゃんにも、おかしな噂《うわさ》がたっていた。

「絶対にあれはブラコンだね。でなければふたりは、禁断の関係だったりして」

そんなふうなことを、アルバイト仲間から何度となく耳にしたことがあった。人気者にはゴシップがつきものなのか、まったく本当にナンセンスな話だと思うけれど、オレも一度だけ、噂を裏付けるような現場に居合わせたことがあり、言葉に流されてついつい悪い想像をしてしまいそうになる。

いつだったか、同じ時間にあがったアルバイト仲間四、五人で、駅ビルの近くにあるカラオケボックスに行ったときのことだ。咲月ちゃんもそのときのメンバーに入っていて、オレたちは覚えたての歌を披露するべく、マイクを奪いあっていた。オレは好意を抱いているぶんだけ咲月ちゃんとあいだを空けて坐《すわ》りながら、彼女が歌うときは片時も目を離さないでいた。

咲月ちゃんはカーペンターズの歌や九〇年代のJポップを、一音一音つむぐように、丁寧に歌う。透明感のあるキャンディーボイスで、じっと耳を澄ませていると胸のあたりがくすぐられるものがあり、買ったばかりの録音機能付きMDプレイヤーを持ってくればよかった、とオレはつくづく思い、居直り半分、自分が歌うときは叫びに近いような状態になっていた。

利用時間を延長することに決め、タンバリンを振るやつがいたり、踊りだすやつがいたり、場がぽちぽち盛りあがってきた頃だった。咲月ちゃんの携帯電話が鳴り、彼女はボックスから出ていった。それが何度か続き、もしかしたら咲月ちゃんには、彼氏がいるのかもしれない、とオレは曲目リストをめくりながら不安な気持ちになった。そしてようやく、彼女が席を立つことがなくなったと思ったら、突然、ドアが開き、眼鏡をかけた背の高い男があらわれた。

「咲月！」

まるでテレビドラマの主人公みたいに、男は強い調子でそう言って、咲月ちゃんをまっすぐに見据えた。そいつが咲月ちゃんのお兄さんだった。部屋の中にいた誰もが静止した。マイクを握っていた者は、口を開けたまま声を押し殺し、部屋には音楽ばかりが空《むな》しく流れ、タンバリンも鳴りやんでいた。

「ごめん。もう帰らなくっちゃ」

咲月ちゃんはバッグを持って立ち上がった。

「なんで？」とオレは反射的に尋ねた。

「私、門限があるの。お兄ちゃんがうるさいんだ。ほら」

彼女は指をピストル型にして、ドアのところにいるお兄さんを指差した。バキュン！と音が聞こえてきそうな力のこもったひとさし指で。お兄さんは我に返ったように表情をゆるませ、「すいません」と頭をこくりと下げた。

カラオケの後奏がボックスに流れる中、「箱入り娘なんだ？」とか、「大事にされてるんだ？」とか言って冷やかすしかオレたちにはすべがなく、ふたりが帰っていくのを笑って見送った。そのあとも、カラオケを変わりなく続けていたけれど、誰もが頭の中では、同じようなことを考えていたのだと思う。門限があるからって、ふつう、迎えにまで来るだろうか？　それでなくても、ビールバーでアルバイトをするような自分たちにしてみれば、門限のあること自体がめずらしく感じられる。

だけど咲月ちゃんと仲のいい女の子、福島さんに言わせると、そんなことはいつものことらしかった。福島さんは咲月ちゃんとは似ても似つかない顔立ちの、頬にそばかすとニキビがたくさんある女子大生で、オレにとっての唯一《ゆいいつ》の情報源だ。

「咲月ちゃんはね、お兄さんと一緒に住んでいるの。実家は長野なんだって。お兄さんは大学に入ったときからこっちに出てきてて、咲月ちゃんは去年出てきたばっかりみたい」

　福島さんは本当は、厨房《ちゅうぼう》のサラダバー担当なのだが、洗い物が溜《た》まりに溜まると、ヘルプとして洗い場に入ることになっている。そうなるのはたいてい週末のことで、狭い洗い場で背中あわせになって、オレはいつもそれとなく咲月ちゃんのことを尋ねていた。

「えらいんだよ、咲月ちゃん。今アルバイトをしているのは、自分でお金を貯《た》めて、世界一周旅行に行きたいからなんだって。あたしたちとは、そのへんからして違ってるよね」

「でもさ、そのお兄さんって、よっぽど心配性みたいだね」

「そうだよ。咲月ちゃんも咲月ちゃんで、お兄さんのことはすっごく信頼しているみたい。外出しているときは、お互いに必ず電話をするみたいだし、遊んでいるところまで迎えに来られたら、絶対に素直に帰るしね」

「あのさ……そーゆうのって、ちょっと変わってると思わない？」

　オレはウォッシャーマシンのレバーを下げながら言った。

「変わってるって？」

「だから、迎えに来たりとかさ……」

「だってお兄さんが、東京では父親代わりみたいなもんなんだもん。いいじゃない。あたしなんて羨《うらや》ましいくらいだよ」

「へえ。そんなもん？」

「あ。もしかして並木くん、咲月ちゃんのことが好きなの？」

「そんなわけないじゃん」

背中あわせにしていると、顔が赤くなるのが見られないから助かる。オレは自分の気になっている子は、予備校にいるのだと、さりげない調子で嘘《うそ》をついた。

「ふーん……よっぽど好きなんだね、その子のこと」

「うん。まーね」

「だって並木くんの耳たぶ、触ったら熱そうだもん」

それからは、福島さんはより詳しく咲月ちゃんのことを教えてくれるようになった。中学生の頃はブラスバンド部に入っていて、クラリネットを担当していたこと。踊ることが大好きで、夜中にこっそり家を抜け出しては、ときどきお兄さんを困らせていること。三歳くらいまで家族共々オーストラリアに住んでいたこともあって、なんとか英語を話すことができて、アメリカとブラジルにペンフレンドを持っていること。一緒に遊びに行くと、ときどき咲月ちゃんの雰囲気とはずいぶん違った人たち、演劇をやっている人や、農業の勉強をしている人や、サーフィンに命をかけているような人たちを紹介されることがあって、その交友範囲の広さに驚かされること。カードや手紙を人にあげるのが趣味みたいなもので、かわいいレターセットとシールを買い集めては、せっせとペンを握っていること。それから、いちばん好きな食べ物は、カリカリベーコンがのったカルボナーラスパゲティで、普段はコンタクトレンズをしていて、牡羊座《おひつじ》のA型で、鳩《はと》を怖いと思っていて、レッド・ホット・チリ・ペッパーズとシェリル・クロウとミッシェル・ガン・エレファントがお気に入りで、みのもんたのことが生理的に駄目とかで、一カ月に一度は温水プールに泳ぎに行っていて、車の免許をとるべきか先に歯医者に行くべきか迷っているところで、いつかきっと、ロンドンに永住したいと思っていること諸々《もろもろ》を、オレは福島さんの口から耳にした。

「でもね、咲月ちゃんは訊かない限り、絶対に自分からは、そーゆうことは言わないの」

福島さんは決まって最後にそう言った。オレは知れば知るほど、自分の知っている咲月ちゃんではないように思えたし、またイメージどおりのようにも思えた。そしてオレは与えられた情報の中で、彼女が動いている姿を頭に組み立てては、まるで合成写真でもつくるみたいに、そこへ自分の姿をはめ込んでいた。

たぶん、咲月ちゃんは、オレのことはアルバイト先にいるひとりの従業員としてしか見ていないのだろう。頭の片隅ではそう思っていた。ちょくちょく話しかけてはいたけれど、挨拶《あいさつ》程度のことでしかなかったし、オレ自身が気のある素振りを少しも見せなかった。

オレはいつでもそんなふうで、本当に興味のある女の子には、アプローチのひとつもできないまま、福島さんみたいなどうでもいい子とばかりべらべらしゃべっている。へたをすると、オレはそういった女の子とつきあうようになり、お互いが何かの間違いだったといわんばかりに別れることになって、世の中ってそんなもんだよなあ、と自分を慰めてはもんもんとするばかりだった。で、そのたびに思う。今度からは、本当に好きな女の子とつきあおう。本当に好きな女の子とつきあうのは、もうやめにしよう。自分を騙《だま》すようにして女の子とセックスできるまでは、ずっとオナニーひとすじで我慢しようと。

だからオレは、半分あきらめの気持ちを抱きつつ、もう半分では、いつかきっと咲月ちゃんとふたりきりの関係になる、と妄想みたいな目標を頭に描き、毎日気持ちを躍らせてビールバーへ出掛けては、

「元気?」

と彼女に声をかけ、皿を洗い、グラスをラックに並べ、タイムカードを押すことを繰り返していた。

それがある晩、ちょっとした事件があって、状況がいっぺんした。いつものようにオレは洗い場にいて、ラックの陰から咲月ちゃんの姿を横目に見ていた。普段だったらひとめ見てすぐに顔をもとに戻すのに、オレは彼女から目を離すことができなくなった。顔色が悪いとか、髪型が乱れているとか、はっきりとはわからないところで、確実に、咲月ちゃんは何かが違っていた。顔には笑みを浮かべていたし、仕事も軽快にこなしていたけれど、もし、彼女にオーラみたいなものがあるとしたら、それがまったくなくなっているような感じだった。そして咲月ちゃんは、誰にも声をかけず、突然、店から出ていってしまったのだ。

それまではカウンターの前にいて、店長が入れたばかりのドラフトだかハーフ&ハーフだかのビールが入ったグラスを、トレーの上に慎重に載せていた。店長はカウンターの奥からホームベースみたいな顔をぬっと出して、「いっちょあがりぃ」とかなんとかぬかしていたのだと思う。彼女はいつもと変わらない笑顔を店長に向け、カウンターと客席の中間あたりまで歩いたと思ったら、ぴたりと足を止め、グラスの載ったトレーを近くのテーブルの上に置くと、回れ右をして店から出ていった。急ぎ足で、まるでそうすることが仕事の一環でもあるみたいに。

客のざわめきや有線放送の音楽が店中に響く中、オレは何がなんだかわからなくなって、咄嗟《とっさ》に足を前へ踏みだし、ステンレスのシンクに膝《ひざ》を打ちつけた。膝に手をやりながらフロアに目を戻すと、咲月ちゃんが出ていったことに気付いた何人かの従業員たちが、怪訝《けげん》な顔を見合わせ、ひとりがテーブルに置かれたビールを、彼女の代わりに届けにいった。「どうしたんだろう？」と誰かの言う声がして、店長がカウンターの奥から出てきて、店の入り口まで見に行き、彼女の姿を見つけられないまま戻ってきた。

制服のままだし、そのうちに戻ってくるだろう。オレの見た限りでは、誰もがそんなふうに考えているようだった。だけど咲月ちゃんは、三十分近く経《た》っても戻ってはこなかった。それが八時半くらいのことで、フロアにいる従業員たちが普段と変わりなく仕事をしていることに、オレはだんだんイライラしてきた。店長も店長で、入り口までようすを見にいってはどこかへ電話をかけるばかりで、誰かをつかって捜しに行かせようともしない。オレは仕事が手につかなくなり、咲月ちゃん捜しを申し出ようかと思ったが、いざとなるとなんだか大袈裟《おおげさ》なことのように思えてきて、結局、身動きひとつできないでいた。

とりあえず、ウォッシャーマシンをひと回転させ、シャワーピストルで洗い物の山を乱打した。グラスに残ったビールはとてつもなく嫌な臭《にお》いがする。皿はいつも油でべとべとだ。うんざりした気持ちで時計を見るともうすぐ九時で、そして頭の中に花火がどかんと打ち上がったみたいに突然、オレはいつもより一時間早くあがらせてもらうことを思いついた。

さっそく、店長のところへ行って頭を下げ、十五分間の無償労働を条件に、ぶつぶつ言われながらもどうにかOKをもらうと、オレは皿を洗えるだけ洗い、時間になるとすぐさま私服に着替え、そそくさとビールバーから出てきた。だけど、どこをどう捜せばいいのかも少しもわかっていない自分に気付き、頭の中がまっしろになった。駅ビルの中はすでに、ビールバーのあるレストラン街しか営業していなかったが、咲月ちゃんが失踪《しっそう》してから時間がずいぶん経っていたし、どこへ行っても人がうろついているこんな場所には、彼女はもういないように思えた。だからといって駅ビルの外に出たところで、人混みの中からひとりの女の子を捜しだすのは、いくらなんでも無理がある。

オレは早くも絶望的な気分になり、エレベーターの前にあるベンチを見て回り、非常階段と従業員用の通路を行き来し、思いきって数カ所にある女便所を覗《のぞ》き込んだ。だけど咲月ちゃんの姿はどこにも見当たらず、オレは駅ビルを出て、ビルのエントランスからつながる駅の改札口に向かった。

まるで孵化《ふか》したばかりの虫の子供みたいに、人がうようよ出てくる改札口を目にしながら、咲月ちゃんが携帯電話を持っていたことを思い出し、そうだ、福島さんに番号を訊《き》いてみよう、という考えがひらめき、けれど次の瞬間には、いや、制服を着ているから電話なんて持っていないだろうと思った。

西口に行き、また東口に戻り、当てどもなく駅の周辺をうろついた。そのうちにオレは、誘拐されたわけじゃあるまいし、とにかく何か急な用事でもあったのだろうと願うように考え始め、気付いたときには、原付自転車を止めている公園に向かって歩いていた。

停車スタンドを立てた状態のまま、ヤマハのそれにまたがると、だけど、本当に大丈夫なのかな？　とオレはもう一度考え直し、煙草《たばこ》を取り出して火を点《つ》けた。

「……だいじょーぶ、だいじょーぶ」

ひとりでつぶやきながら吸い殻を踏み消し、原付自転車のシートボックスからヘルメットを取り出すと、スタートエンジンをかけた。

最初、オレは目を疑った。繁華街のどまん中にあるその公園のベンチに、咲月ちゃんが不思議な格好で寝転んでいた。周りにある居酒屋やキャバレーのネオンで、公園はおぼろげに照らされていたけれど、ピーナッツ色の制服を着ていなければ、おそらく見過ごしていただろう。決定的だったのは、後頭部からつんと立っている、そのいっぽん結びだった。

「咲月ちゃん……」

オレは原付自転車のエンジンを切り、ベンチに近寄った。喜びなんてものは微塵《みじん》もなかった。得体のしれないものに遭遇するときのような怖さに全身が包まれた。咲月ちゃんは脚を無造作にひろげた状態で坐《すわ》り、腰から上をねじるようにしてベンチにつっぷしていた。片方の手を折り曲げて額の枕《まくら》にし、もう片方の手をだらんと下げ、そして臙脂《えんじ》色《いろ》のエプロンがなくなっていた。

「さ、咲月ちゃん!?」

オレは抱きかかえるようにして彼女の体を起こした。手にしていたヘルメットが落ちて足にぶつかるのがわかった。見た限りでは外傷はなく、顔つきもおだやかなものだった。オレは彼女の頬を軽く叩《たた》き、人目も気にせず名前を何度も呼んだ。ようやく、咲月ちゃんは目をうっすらと開け、口もとに笑みを浮かべた。そして顔の前まで手を挙げ、グッ、パー、グッ、パー、と手のひらを握っては、開くことをゆっくりと繰り返した。

「ね？　こんなところで何やってんの？」

意に反し、オレの口から出てきた言葉はぶっきらぼうになった。町で会いたくないやつに会ったときのような口振りだった。

「……並木、くん？」

「あん？　うん、オレ……ね、なんでこんなところで寝てんだよ？」

「……うん……そう……」

「あのさ、家に帰ったほうがいいんじゃないの？　咲月ちゃん、今すげーへんだよ」

「うん……大丈夫……眠いの」

「眠いのって……あのさ、もしもし？」

「しっ。しーっ……」

歯の隙間《すきま》から息を吐き出すように言いながら、咲月ちゃんはひとさし指を唇の前に立てた。少しもぴんとしていないひとさし指を。オレはどうすればいいのかわからないまま、彼女の隣にくずれるように坐った。自然と咲月ちゃんはオレに膝枕されるかたちになり、「しーっ」とまた言って、瞼《まぶた》を完全に閉じ、ひとさし指をまるめ込むようにして折り曲げた。

「寝てる場合じゃないよ。ね、起きて！」

オレは咲月ちゃんを強く揺さぶった。彼女は瞼に皺《しわ》を寄せて目を開け、「ほんと、大丈夫なの」とつぶやくように言って、すぐにまた目を閉じた。

「大丈夫ってさ……ねえ、咲月ちゃん！」

完全に寝入ってしまったのか、咲月ちゃんは何も応《こた》えなかった。やがて頭の重みがずっしりと膝の上に感じられるようになり、オレは頭を落とさないように、脚をしっかりと閉じた。いったいどうすればいいのか、大声を出して助けを呼べばいいのか、判断がつけられないままとりあえず、ズボンの後ろポケットから携帯電話を取り出した。

１１９？　１１０？　メロンソーダ色に光る電話のディスプレイを目にしながら、本当にそうするべきなのかと自問するうちに、もしかしたら、熱があるのかもしれないと思い、咲月ちゃんの額に手を当てた。熱くもなく、冷たくもなく、彼女の形のいいおでこのまるみが、手のひらに感じられるだけだった。どちらかというと熱くなっているのはオレの手のほうで、わかっていながら片方の手で自分の額を触ってみると、ぐうぅ、と腹が鳴った。

それから思い出したように、咲月ちゃんと体がぴたりとくっついている現状にはっきりと気付き、彼女の額から手を離すと、もう一度触れようとして手をすぐに引っ込めた。

ベンチに両手を置き、外灯のかすかな明かりを頼りに、オレはまじまじと咲月ちゃんの横顔を眺めた。マスカラで塗り固められた睫毛《まつげ》の中に、小さな黒い粒が見え、目を凝らしてよく見ると、ねじつぶされた蟻《あり》が瞼に挟まれているように見えた。近くにある小鼻は、ハチミツ色に光り、瞼の中の蟻は、きっと、それに吸い寄せられてきたのだろうとなんとなしに思った。ふいにその蟻を吹き飛ばしてやりたくなって、思いつくまま息を吹きかけると、前髪がふわりと浮いて、弓形にぱらぱらと折り重なった。

オレは瞼に目を戻し、頬を見て、唇を眺め、シルバーのリングがとおされた耳たぶを見つめた。そのすぐ後ろから始まる髪の毛が、頭のカーブのいちばん強いところでひとつに結わえられ、オレのズボンの上で、英語のコンマみたいな形になっていた。

「……起きろよ、咲月ちゃん」

意識的にオレは、小声で呼びかけた。ブランコのきしむ音が聞こえ、顔を上げて暗い公園の内側を見回した。水飲み場のすぐ近くにある時計台は、十一時二十五分を指していた。ゴミ籠からは空き缶があふれ、向こうの通りでは、ふたり連れのサラリーマンが声をあげながら歩いていた。空に星はなく、よく見ると、灰色の雲がゆっくりと動いているのがわかった。オレは視線を下ろし、ふたたび咲月ちゃんに目を戻した。

小さな体の側面があらわになっていた。ワンピースの布地がきつく引っぱられて、腕の付け根の下に、ブラジャーの線がくっきりと浮かび上がっていた。そのすぐ向こう側にある胸のふくらみは、布が引っぱられて余った部分に完全に隠され、どこまでが乳房で、どこまでが布なのかわからなくなっていた。平行に視線を動かすと、きつい斜め皺ができた先にワンピースの裾があり、暗くても赤みをおびているとわかる、ふたつの膝頭が見えた。

オレは左手を挙げ、ゆっくりと静かに、咲月ちゃんのウエストに触れた。右手を挙げ、こめかみのすぐ上にある髪の毛に触れると、彼女の重みを感じる腿《もも》の奥で、自分のものが少しずつ起き上がってくるのがわかった。腿の内側がぴたりと合わさり、ズボンとトランクスと咲月ちゃんのいっぽん結びに抑圧される中、そうしたものを跳ね返すように、性器の先端にたくさんの血が集まり始めていた。

軽い痛みを覚え、腰を動かしてなんとか収まりを正すと、オレは股間《こかん》に目をやって、その状態がはっきりとはわからないことを確認した。目を閉じ、普通の状態に戻れと念じてみたけれど、体の奥にある欲望は高まるばかりで、いけない想像がやがて頭にちらつきだした。

目を開けて周囲をもう一度見回し、ときどき公園を横切る人の目にも、自分たちの姿が決して不自然ではないことがわかると、今なら、触りたいところに触れることができる、とオレは思った。スカートをめくり上げて、奥のほうまで手をもぐらせることもできる。頭を思いきり下げれば、頬にキスすることもできるかもしれない。咲月ちゃんは今、オレの両手の中にいる。そして今ならきっと、彼女の耳にささやきかけることができると思った。咲月ちゃん、オレはきみが好きですと。

「……咲月ちゃん」

手を当てたまま、オレはつぶやいてみた。喉《のど》の奥から出てきた声が、自分のものではないように感じられ、そのせいか落ちつきをわずかに取り戻せたような気がした。咲月ちゃんはぴくりとも動かず、赤ん坊みたいに指をまるめて寝入っていた。オレは手を動かし、彼女の頭をやさしく撫《な》でた。相変わらず性器は勃起《ぼっき》したままで、今の状態でしごけば、うわ、どんなに気持ちいいだろう、と性欲にかられるまま想像した。きっと、あっというまにいって、たくさんの精液が出る。震えるような快感が全身に走るだろう。

オレはそんなことを思っているうちに、駅の裏側にあるラブホテルに連れ込んじゃおうかとか、このまま強く抱きしめちゃおうかとか考え始め、咲月ちゃんの裸や、おっぱいや陰毛や、ふたりが結合している状態や、ちんぽこが穴に入ったときの感じや、挙げくの果てにはフェラチオしてもらっている姿まで頭に浮かべ、そういえば、最近やってないよな、とぼんやりした頭で思った。そしてオレは、愛の告白をしようとしていたことを思い出し、

「咲月ちゃん、知ってる？　オレは咲月ちゃんが好きなんだぜ」

と頭を撫でながら言った。彼女は反応を示さなかった。いったい、なんでこんなとになってしまったのか？　睡眠薬でも飲んだのか？　さっぱり見当がつかず、時計台をふと見ると、すでに深夜の一時を過ぎていた。オレは捨て鉢な気分になり、

「おい、起きろ！」

と声を大きくして言って、痺《しび》れてきた脚を軽く動かした。咲月ちゃんは口をむにゅむにゅと動かしただけで、起きあがる素振りを少しも見せなかった。オレはもう一度、「起きろ！」と言って、「咲月ちゃん！」と肩を揺さぶって、「好きだ！」と心をこめて言った。

そんなふうなことをしばらくのあいだ繰り返すうちに、膝と腰が耐えられないほど痛くなり、体をゆっくりと動かして、オレは咲月ちゃんに折り重なるように上体を倒

した。腹がすいて仕方なかったし、射精したくてたまらなかったから、きっと、眠ることなんてできないと思いながら、瞼を閉じた。嬉《うれ》しいような悲しいような気分だった。彼女のワンピースからは、押し入れの中を思わせる匂《にお》いがした。

次に目を開けたとき空は、セルロイドを張り付けたような透明の藍色《あいいろ》になっていた。四時三十二分。暖かい夜でよかったとオレは思い、上体を起こすべきか考えていると、膝の上で咲月ちゃんの頭が動いた。

「あ、起きた？」

オレはすぐさま自分の体を起こして訊いた。咲月ちゃんは瞼をきつく結び、「うーん？」とうめき声をもらした。もう一度呼びかけると、彼女は手を動かし、肩を震わせ、這《は》いあがるようにして上体をゆっくりと起こした。

「どう？　大丈夫？」

まだ意識がはっきりしないらしく、咲月ちゃんは頭を深く下げていた。

「気持ち悪い？」

「……うん……」

「何か飲む？」

「……ううん……いたっ」

「え？」

「いったーい……」

抑揚のない調子で言いながら、咲月ちゃんは瞼に指を当て、両方の目からコンタクトレンズを器用に取り出すと、すぐにまた目を閉じた。オレは特別なものを見せられたような気がした。しばらくすると彼女は、張りのある声で言った。

「……どうしよう、私……」

「え？」

「……怒られちゃうよ」

咲月ちゃんはおもむろに顔を上げ、瞼をこすりながら目を開けた。

「怒られるって？」

「……お兄ちゃんに、怒られちゃう……きっと、心配してるもん」

遠くを見ながらしゃべる咲月ちゃんの横顔を、オレは神妙な心持ちで眺めた。

「……ねえ、並木くん……だよね？」

オレはそんな言い方をするのを不思議に思い、うんともすんとも言えなかった。

「……お金、貸してもらってもいい？　千円でいいの」

「いいよ」

オレは返事して、財布から千円札を抜き取り、彼女に差しだした。彼女は礼を言いながら受け取ると、申しわけなさそうに立ち上がった。

「咲月ちゃん、どーすんの？」

訊《き》きながら、自分もベンチから立ち上がった。振り向いた咲月ちゃんの顔には、ズボンの皺の線らしきものがくっきりとついていた。

「帰る。タクシーで」

「送っていこうか？」

「ううん。大丈夫。本当にありがとう」

咲月ちゃんはそう言って、くるりと背を向け、駅のほうへ向かってたどたどしく歩き始めた。オレは自分のものが充血していたことを思い出し、顔を下に向けて普通の状態であることを確かめると、今さらながら恥ずかしさがやってきて、ファスナーのあたりにある横皺を、力いっぱいはたいた。

顔を上げると、咲月ちゃんの姿は公園から消えていた。薄紫色の光に照らされたブランコや時計台ばかりが、はっきりとした形になって目の中に飛び込んできた。

咲月ちゃんにいったい何が起こったのか、オレはいまだに知らない。ざわめきとビールの芳香が入り交じる中で、彼女は今日も何事もなかったかのように働いている。なくしたはずのエプロンも腰にしっかりと巻き付け、楽しそうにフロアを行き来し、いつもの笑顔を振りまいている。変わったことといえば、オレと彼女の関係くらいだ。

「元気？」

咲月ちゃんが失踪《しっそう》した翌々日、自分がいつも口にしていた言葉を彼女のほうから言われ、オレはすぐには言葉が返せず、ウォッシャーマシンの脇《わき》でしばらくのあいだ立ちつくしていた。きょとん、としている彼女に気付き、

「元気だよ……咲月ちゃんは？」

とオレはつぶやき、どぎまぎしながら、彼女の顔をまっすぐに見つめた。咲月ちゃんはにっこり笑い、普段と同じように、身振り手振りを交えて大袈裟《おおげさ》な表現をすると、一瞬、オレの目の奥をじっと覗《のぞ》き込んだ。

それからは、アルバイト以外の時間にも、オレたちは町で会うようになった。磁石のN極とS極が限界距離に達したみたいに、ごく自然に体を寄せあうことができた。自宅と携帯電話の番号を交換し、誕生日を教えあい、お互いの休みの日を確認しあった。デパートの前で待ち合わせし、オープンカフェに入って何時間もおしゃべりし、最新のロードショウを観《み》に行き、夜のショッピング街を手をつないで歩いた。そして

ふたりの体が溶けだしてひとつになってしまうくらい、オレたちはたくさんのセックスをした。

オレは今まで生きてきていちばんと思えるほどの幸福を感じ、予備校にいても、家にいても、アルバイトをしていても、今まで以上に咲月ちゃんのことを考えるようになった。彼女はビールを運びながら視線を返すようになり、電話で毎日のように話していながら、手紙やカードを頻繁にくれるようになった。オレはそのペースに追いつけず、五回に一回くらいしか返事を書けなかった。咲月ちゃんの手紙はとりとめもなく、読んだ本のことが書いてあったり、友達とのちょっとしたエピソードが書いてあったり、そしていつも最後に咲月ちゃんの名前がひらがなで書いてあって、×××と名前の下に三つのバツ印が記されていた。オレは意味がわからず、彼女に直接尋ねてみたけれど、

「ねえ、なんだろうねえ」

とくすくす笑って言うだけだった。ずいぶん経《た》ってから、英語やフランス語を話す国においては、それがキスの意味であることを知った。だけどはじめの頃は、オレは暗号のように考え、ス、キ、ヨ、とか、まったく逆に、キ、ラ、イ、といった言葉を当てはめては、よろけそうになったり不安な気持ちになったりした。

そんなふうに、つきあい始めて半年近く経っても、咲月ちゃんは本当のことを言おうとしなかった。オレがずっと気になっていたのはあの晩のことで、いったい何があったのかと思い出すたび訊いていたけれど、

「ねえ、私、ほんとうに何しちゃってたんだろう？」

「覚えてないの？」

「覚えてるのは、あれがやってくる、って思ったところまで」

「あれって？」

「だから、すとんと意識が遠ざかっていくような……わかるでしょう？」

「わかんないよ。咲月ちゃんってさ、ときどきそうなるの？」

「自分でもよくわからないの。覚えてないんだもん。並木くんだってそうでしょう？」

「そうって……もしかして、店のビールをこっそり飲んでた？」

「飲んだかもしれないし、飲んでないかもしれない」

　と咲月ちゃんは同じような調子で、いつも話をはぐらかしていた。それでいて、お兄さんにどれだけ叱《しか》られたかについては、やけに詳しく話しだすから、きっと、咲月ちゃんはしゃべりたくないわけで、次第にオレは話を蒸し返すようなことはしなくなった。それでなくても、一度だけデートの現場まで出没した男の話は、聞きたくなかっ

たし、ビールバーでは、咲月ちゃんの失踪事件はすっかりただの笑い話になっていた。あの晩、彼女は駅ビルを出る間際《まぎわ》、従業員通用口の窓口から、「おなかが痛いんです」とひとこと店長に内線電話をいれていたらしく、ウンチがしたくなって突然ダッシュした女、ということで、店では話が収まっていた。

だけど、決してそんな理由ではないことを、オレはわかっていた。あのとき咲月ちゃんは、腹が痛いような素振りは少しも見せなかった。遥《はる》か遠くに、気持ちがまるごとぶっとんでいるような感じだった。

「元気？」

咲月ちゃんは何かとてつもない隠しごとをしているのかも？　オレはそう思うと、言葉を置き換えて尋ねてみる。彼女は満面の笑みを浮かべ、

「もちろん。つま先立ちになって、白鳥の湖を踊りたくなるくらい元気」

なんてことを言って、町を歩いているときでも体を動かそうとする。オレは自然と顔がほころび、過去のおかしな出来事も、心配性のお兄さんもひっくるめて、指をからめるようにして、手をつなぐ。ビールバーいちばんのアイドルだった女の子と。

消滅飛行機雲

住宅街を抜け、T字路を左に曲がると、灰色の大きな直線道がどこまでも続いている。貨物トラックやコンクリートミキサー車が山鳴りのような音をとどろかせ、嫌な臭《にお》いのする煙をあたりに撒《ま》き散らしている。ヨシフミは、一瞬、自転車ごと自分が消えてなくなったような気がしたが、爆音も、排気ガスも、圧倒的なスピードも、すぐにどこにでもある風景として感じられるようになり、ペダルをいっそう強く踏んでいった。

小学校に入学したとき、お祝いとして祖母に買ってもらったその自転車は、今では車輪のスポークがところどころ錆《さ》びていた。サドルの合皮カバーは、中央がぱっくりと切り裂け、ハンドルに付いたラッパ型の警笛は、すかすかした音しか出なくなった。それでも自転車の乗りごこちは、クジラの背中の上をすべっているみたいに、抜群によかった。昨日のうちに習字道具セットに入っていた水差し用スポイトで、サラダ油をチェーンにたっぷりと差しておいたからだ。タイヤの空気も入れたばかりだ。

このままぐんぐん飛ばしていけば、三時頃には着くだろう。ひとりで病室に入っていったら、ヤツはいったいどんな顔をするだろう？　たぶん、ヤツのことだから、誰かに連れてきてもらったのだと思うのかもしれない。ヨシフミはそんなことを考えながら足を動かし、白いベッドの上でだらしなく寝ている、兄の姿を想像した。

二週間前、父親の運転する車で見舞いにいった帰り道、今度はひとりで病院まで行ってみようと、ヨシフミはひらめいたように心を決めた。家から車でも三十分はかかるくらい遠く離れていたが、そのゴール地点までの道すじは、小学校低学年の子供にも簡単に覚えることができた。産業道路と呼ばれている大きな国道に出たら、あとは左にまっすぐ行くだけだ。ヨシフミは車の後部座席から、外の景色をまじまじと眺めながら、より万全で楽しい一日にするために、自分なりのチェックポイントを、道沿いにいくつか設定していった。

そして今朝、このビッグイベントにふさわしい、すばらしく晴れた空が窓の向こうに見え、ヨシフミは嬉《うれ》しくてインディアンダンスをベッドの上で踊った。けれどこの計画は、誰にも秘密で実行するつもりでいたから、昼食を食べているときも、家を出てくるときも、家族の前ではいつもと変わらないふうを装《よそお》っていた。

ヨシフミは自転車を勢いよく走らせると、「ギャッフーン!」と声をあげた。産業道路に入ってからしばらくすると、「ギャッフーン!」とまた声を張りあげ、道路が発する爆音で、声が少しもとおらないことがわかると、「ギャッフーン!」「ギャッフーン!」「ギャッフーン!」と繰り返し叫び声をあげた。

そのうちに排気ガスがのどに入り込み、ぐふぐふと咳《せ》き込みながら頭上を眺めた。巨大な高速道路が天を覆《おお》い、両脇《りょうわき》にはビルがぎっしりと建ち並び、あらゆるコンクリートが、煤《すす》でうっすらと黒く染まっていた。隙間《すきま》に見える空だけが目に痛いくらい鮮やかな水色で、紙テープみたいにうねりながら、前方へと続いている。その細長い空をしばらくのあいだ目で追いかけ、ヨシフミは視線を前に戻すと、落ちていた速度をすぐに取り戻していった。

やがて第一のチェックポイント、有刺鉄線に囲まれたマネキンが見えてきた。近くまで行くと自転車を止めた。棘《とげ》のある針金でがっちりと囲まれたその中には、つるつる頭の女のマネキンが、赤い鉢巻きと襷《たすき》だけを身に付けて立っている。マネキンはどこか遠くを眺め、鉢巻きの赤いひもは風にせわしくあおられ、彼女の後ろには、縦長の旗が何本も立っている。どの旗にもお経のような文字が筆で書かれており、ヨシフミがなんとか読めるのは、国、平、和、日、本、愛、天、生、といった文字だけで、あとはさっぱりわからない。前に車の中から見たときも、ここがいったいどういった場所なのか、ヨシフミには見当もつけられず、けれどそのぶん、ずっと気になっていた場所だった。

マネキンの足もとには、空き缶やふやけた雑誌がいくつも転がっていた。雑草の根もとまでよく見ると、五円玉や一円玉が点々と散らばっていた。もしかしたら、このひとは神様？　ヨシフミはそう思い、ここなら近所の八幡神社よりも盗みやすいから、今度、エイちゃんと来てみようと思った。

けれど囲いは、自分の背よりも遥《はる》かに高く、下も靴がやっと入るくらいの隙間しかなかった。正面壁際《かべぎわ》の針金が唯一《ゆいいつ》ゆるくなっていたが、そこまで行く脇の道は、ねずみの通り道ほどしかない。ヨシフミは囲いに足を掛け、ずるずると引っ掻《か》くように下におろしていった。針金は振動し、錆色《さびいろ》の粉を撒き散らし、粉は雑草の根もとへとゆっくりと落ちた。

ヨシフミはふたたび自転車を走らせていた。背中は汗に濡《ぬ》れ、気分がいいときに自然と湧《わ》き出てくるリズムを体の中に感じていた。

ニンニキニキ、ニンニキニキニキ、
ニンニキニキ、ニンニキニキニキ、
ニンニキニキ、ニンニキニキニキ、
とヨシフミは、その単調なリズムを声に出して歌いながら、スピードを少しずつ上げていった。
頭は風をまっすぐに貫いていくロケットミサイル、腕はハンドルと合体した超軽量のアルミニウムパイプ、胴体はまるごと原子力エンジン、脚はきっちりと正確なカウントを打つメトロノーム、ヨシフミはそうしたイメージをひとつひとつ頭に思い浮かべ、やがてタイヤの先端から、時間と空間がふたつに裂けていくように感じられ、髪の毛が後ろに引っぱられて尻《しり》がむずむずして、足の裏側が熱くなるのを感じた。楽しくて、嬉しくて、可笑《おか》しくて仕方なかった。
脇を見ると、パオーン、と象の蛮声のような音をたてながら、巨大なトラックが走り抜けていった。トラックは一瞬にして自分を追い抜き、テイルランプを点滅させて交差点の手前で止まった。今のうちに追い抜こうと思い、トラックが止まっている交差点まで、自転車を急いで走らせた。しかし歩道はガードレールに囲われて途切れており、脇を見ると、五十メートルほど左に折れたところに横断歩道があった。ヨシフミはそこまで行って交差点を越え、すぐにまた産業道路に戻った。
その先にも同じように、遠回りしなければ進めない交差点がいくつもあり、自転車を抱えて歩道橋を渡るしかなかったり、歩行者用の信号機が反対車線側にしかなかったり、反対側に行くにも、来た道をいったん引き返さないと、交差点を横断できなかったりした。車道はどこまでもまっすぐに繋《つな》がっていたが、その脇にある歩道は、途中で切れてばかりいた。最初のうちはなめらかだった路面も、進むにつれて粒子のあらいアスファルトやブロック状のものに変わっていった。周りはビルよりも工場のほうが目立つようになり、いつのまにかトラックの走る数は恐ろしいほどに増え、標識も、中央分離帯も、高速道路の橋脚も、車が吐き出す煙でぼんやりとかすんで見えた。ヨシフミは四度目の歩道橋で、下の流れを眺めながらふと思った。もしかしたら、地の果てって、こーゆうところなのかもしれないと。

第二のチェックポイントは、すでに消え失《う》せていた。二週間前に車で通ったときは、長い髪がちりちりになった浮浪者がひとり、公園の入り口の前に坐《すわ》り込んでいた。けれど男の近くにあった段ボールも荷物も、今ではきれいに消えてなくなっている。ヨシフミは自転車にまたがったまま、タイヤがたくさん転がる公園の中を眺めた。

車の中からその男を見たとき、ヨシフミは息をぐっと詰まらせるほど強烈なものを感じ、窓ガラスの向こうから目を離すことができなくなった。車が赤信号で止まっているときで、公園までは二車線ぶんくらいの距離があった。それでも、男が泣きながら、口からよだれを垂れ流しているのがわかったし、ニコチン色の涙とよだれが、髭《ひげ》だらけの顎《あご》を伝って、下のコンクリートを黒く染めているようすもはっきりと見えた。そして見方によっては、男が失禁しているようにも見え、ヨシフミはそのことを本人に教えたくなって、窓ガラス越しに手を振った。男は手足をだらしなくひろげて坐り、身動きひとつせず、正面をじっと見据えていた。視線の先にはトタン板に囲まれた溶接工場と、そして巨大な道路がひろがっていた。

あのおじさんは、いったいどこに引っ越したのだろう？　ヨシフミはそう思いながら、また勢いよく自転車を走らせ、ヒサカキの木が何本も続いている道に出た。この場所を過ぎれば、ほとんど着いたも同然だ。前を見ると、自分を取り囲んでいるスピードが、遠くにいくほど速さを失っているのがわかった。高速道路も、トラックも、人間も、空もバイクも工場も、スモッグ色のベルトコンベアに載せられて、爆心の中へと吸い込まれている。

あともう少し自転車を走らせていれば、第三チェックポイントの派出所があって、そのすぐ手前にある路地を入ると、マンモス団地みたいな病院が見えてくる。ヨシフミはペダルをリズミカルに漕《こ》ぎながら、ああ、本当に来た、と思った。家を出たときと比べると、スピードはずいぶんと落ちていたが、思っていたほど疲れはなかった。妙な脱力感と、今日のことを、生まれる前から知っていたような感覚に包まれていた。ハンドルを握っている感触も、風が吹き抜けていく感じも、体中が覚えているような気がした。

「あれ、ヨシフミじゃん。なんでここにいるんだ？」

「……来ちった」

「来ちったってさ、おまえ、ひとりで来たの？」

「そうだよ」

「あっそう……じゃあ、なんか飲む？　その冷蔵庫の中に、ポカリと水と、あと牛乳もあったかな？　好きなの飲めよ」

「ペプシは？」

「ペプシ？　そんなもんないよ。たぶん、下の売店にだって売ってない」

「うそ」

「ほんと。金やるから、前にあるコンビニまで行って買ってこいよ」

「じゃあ、ポカリでいいよ」

「……でもおまえ、こんなところまで何しに来たの？　おかーさんに言ってきた？」

「ううん。ゆってない」

「もしかして、オレに会いたくなったわけ？」

「いや。ただのお見舞い」

「見舞いだったら、なんか持ってきてくれた？」

「ううん。何も持ってきてないよ」

「ふつーは見舞いっつったら、手土産ぐらい持ってくるもんだぜ」

「そーゆうのは、気持ちの問題でしょ？　それに果物とかまだいっぱいあるじゃん」

「親と同じこと言ってんなよ、ボケ」

「あれ？」

「何？」

「ヒゲ」

「ヒゲ？　ああ、これ？　あったりまえじゃん……十四にもなったら、ヒゲぐらいは生えてくるわけ。オレ、入院中はさ、ちょっと伸ばしてみよっかな、って思ってるんだ。

なんか大人って感じがするじゃん。ほら、脇にだって。すっげくね？」

「……すげーけど、いち、にい、さん、三本だけじゃん」

「いーの。これからたくさんはえてくるんだから」

「ねえ、これ、全部飲んでもいいの？」

「いいよ。でも、ゲリっても知らねーからな」

「これはおなかにいかないで、体内に吸収されるって、前にエイちゃんが言ってた」

「あっそ。じゃあ、好きなだけ飲めよ」

「うん。飲むよ」

「そーいえば、ヨシフミにも脚の石膏《せっこう》に、なんか書かしてやるよ。マッキー、そこにあるから」

「なんでもいいの？」

「いいよ」

「……あのさ、これ、あんまりインク出ないよ」

「細いほうにすりゃーでるよ。なんだよ？　そのへんな女の顔」

「女じゃないよ。泣いてる乞食《こじき》だよ」

「泣いてる乞食？　何それ？　なんかのキャラ？」

「違うよ、第二ポイントにいた人」

「そんじゃ、全然わかんねーよ」

「この途中にある、タイヤ公園に住んでた人だよ」

「タイヤ公園？　あの、タイヤでできたクジラがあるところ？」

「そう」

「なあ……おまえさ、本当にオレに会いたかったとかじゃねーだろ？」

「なんで？」

「オレなんて、単なる旗印でしかねーだろ？　そうだろ？」

「うん？　何言ってんの？」

「だって、オレもよくやってたもん、そーゆうの」

「……そーゆうのって？」

「でもさ、おまえなんてまだまだアマちゃんだよ……あれ？　ヨシフミって今、二年だっけ三年だっけ？　まあ、そんなのはどっちでもいいけど、オレがおまえぐらいんときは、この先にある浮島公園までは行ってたもん」

「どこそこ？　公園が浮いてんの？」

「いや、海が見えるだけのふつーの公園。よくわかんないけど、埋めたて地だから浮島なんじゃないの？　けっこーさ、カップルとかたくさんいて、オレもやってみてー、って今でこそ思うけど、まあとにかく、家からあそこまで二十キロ以上はあったから、ここまで来るぐらいじゃ、チャリで遠出したとは言えないね……まだまだきみはアマいっすよ。半分ぐらいの距離しかねーもん」

「じゃあ、その公園って、ここよりももっと遠くにあるの？」

「そーだよ。でもまあいいから、そのティッシュで鼻かんでみろよ」

「なんで？　鼻水なんて出ないよ」

「いいから、鼻クソでもなんでもほじってみろよ」

「うわ。すごいまっくろ」

「それだよ、それ。あの道を通ってくると、絶対そーなるんだよ」

「なんで？」

「そんなの、あの道が煤だらけになってんのと同じだよ。上に高速の傘かぶっちゃってて、あの道、いつ来ても夜って感じじゃん」

「うん。夜みたいだった」

「……そーいえばさ、ヨシフミ、しょーめつ飛行機雲って、見たことある？」

「ない」

「ほら、飛行機雲ってあるじゃん。飛行機が飛んだあとにできる、細長い雲だよ。それなら見たことあるだろ？　それのさ、青い空と白い雲が、逆転した状態が、消滅飛行機雲なんだよ……わかる？」

「あんまり」

「あーあ。おまえさ、想像力ってもんがないんじゃねーの？　だからとにかく、あの道って、なんだかそんな感じがするんだよね」

「そんな感じって、どんな感じ？」

「だからあ、単車とかダンプとかびゅんびゅん走ってて、空とかも狭くて」

「そーいえば、原チャリ、やっぱり駄目になったって」

「はん？」

「弁償するしかないって、おかーさん言ってたよ」

「あっそう……でもまあ、警察沙汰《ざた》になんなくてよかったよ、ほんと」

「学校にもばれてないしね」

「おまえには関係ないよ」

「うん。そうだけど、エイちゃんも本当のこと知ってる」

「なんで知ってんだよ？」

「……さあ」

「おまえが言ったんだろ？」

「違うよ。おかーさんだよ」

「あーあ。あのババア、なんだかんだいって結局、誰にでもべらべらしゃべっちゃうのかも」

「ババアって言ったら、また怒られるよ」

「うっせんだよ、ボケ……おまえさ、それ飲み終わったんならもう帰れよ。夕飯にまにあわなくても知らねーよ」

「うん。じゃあ帰る」

「ちょっと待てよ。これめぐんでやるよ」

「クールミントって、辛いんじゃないの？」

「甘い甘い。辛いのは、グリーンガム。いいよ、全部持ってって」

「どーもありがと」

「気をつけて帰れよ」

「うん。じゃあね」

タイヤ公園の前を通り過ぎて、細かなデコボコのある歩道を走り、いくつもの交差点を遠回りして越える。自転車は軽く、けれどあちらこちら錆《さ》びついていて、思い出したように憎たらしくなる。クールミントのガムはとても辛くて、目から鼻から風がすーすー通り抜けて、汚れた空気さえきれいに感じさせる。産業道路は大型車でごったがえし、ディーゼルエンジンの音とクラクションの音が、車と車のあいだを隙間《すきま》なく埋めている。行きでは同じ方向を走り、すぐに追い抜いていった車の流れが、今では前から押し寄せている。まったく異なる景色となって、倒れるように視界の中に飛び込んでくる。

ヨシフミは帰りの道も急がなければならなかった。夕方までには家に着いて、いつものようにテレビの前に坐り、そして夕飯のときに、今日、病院までひとりで行ってきたことを家族に話す。それが計画のすべてだ。だから、足を休めることはできなかった。このスピードに乗って、早く家に帰らなければならなかった。もっと速く、もっと速く自転車を走らせなければならなかった。

赤い鉢巻きをしたマネキンの顔は、同じ方向を永遠に見つめている。味のなくなったガムを吐き捨てると、またたくまに後ろに流れていく。青信号の中のおじさんは、光をチカチカ点滅させている。派出所や、ヒサカキの木や、中央分離帯や、ガードレールや、歩道橋や、順番に並んでいた道の風景が、行きの時間よりも断然に速く過ぎていく。車輪は回り、景色は動き、走っているのに止まっている。

ぶん、と小さな虫が目の中に飛び込んできて、ヨシフミは瞼《まぶた》をきつく結んだ。指でこすっても奥にひっかかるものが残り、ヨシフミはあきらめて、自転車をいったん止め、涙を無理に流し、虫の死骸《しがい》を目から出した。

瞬《まば》きしながら顔を上げると、数十メートル先に、昼間に曲がってきたT字路が見えた。あの角を曲がれば、見慣れた町の景色がある。ヨシフミは脇《わき》に広がる産業道路をぼんやりと眺めた。やがて遠くのほうから、バイクが一台、トラックとトラックのあいだをすべるように抜けて走ってくるのが見えた。車体もヘルメットも鈍い銀色で、ドライバーはゴーグルをつけ、黒い革のジャンパーを着ていた。銀色のバイクはみるみるうちに大きくなり、まるで弾丸みたいに、一瞬にして前をとおり過ぎた。ヨシフミは耳をつんざくような音の中で、ヤツよりも先に、バイクの免許をとろうと思った。

自転車を走らせると、ズボンの前ポケットの中に、ガムがまだ入っていることを思い出し、ヨシフミはすぐにまた足を止めた。ポケットの中から取り出すと、クールミントは熱と汗で、青い紙の包みごとぐにゃりと折れ曲がっていた。

怪獣アパート１０３号

短篇小説を三本読み終えたところで、停留所を告げるアナウンスが流れた。

豚革のブックカバーから続くひもを、素早くページのあいだに挟み、わたしは頭上にあるブザーを見上げた。誰かがそのラズベリー色のスイッチを押してくれることを、バスに乗るたびに願う。自分で押すのは、頭の中身を人にさらすようで、ひどく恥ずかしいことに思える。

すぐにブザーの音が聞こえ、ほっとして文庫本を紀ノ国屋のエコバッグの中にしまい、透明度の低いガラス窓の向こうを眺めた。トリコロールカラーの看板の前を、郵便配達のバイクがまたたくまに通り過ぎていく。どこまでも続く歩道のガードレールが、まぶしいほどに白く光り、無数の電線の下で、町をつくるすべての物質がかりかりに乾いていた。とてもいい天気だ。もう何度となく目にしている町並みなのに、異国を旅しているような感覚をいまだに覚える。この感覚は、果たしていつまで続くのだろう？　わたしはシートとすっかり一体になっていた腰を浮かし、強い振動のある床を踏みしめ、乗降口に向かった。扉の前に立ち、ステンレスのパイプをしっかりと摑《つか》むと、踵《かかと》をゆっくりと浮かすことを繰り返しながら背筋を伸ばし、バスが停止するのを待った。

毎週土曜日、わたしは秋雄の住むアパートまで出掛けていく。わたしは実家住まいで、秋雄は今年の春からひとり暮らしを始めた。だから自然と、わたしのほうが彼のもとへ出向くようになった。しかし今となっては、秋雄の部屋は、一個の作品と化していた。

先週から畳を剝《は》がし、壁という壁に木材を打ちつけていた。夜遅くまで金槌《かなづち》と電気ノコギリのけたたましい音が鳴り響き、酢酸を思わせる業務用ボンドの異臭が、部屋中に立ちこめていた。床にはおがくずと重々しい道具が散乱し、足の踏み場もないほどで、そして部屋の中央には、古い木材がこんもりと積み上げられている。炭色をしたそれは、アメリカの古い家を解体したもので、どういった理由で国内に入ってきたのか、救世軍のバザーで無料《ただ》同然の値段で売っていたらしかった。

「こんないい古材、ハンズあたりで買ったらめちゃめちゃたけーんだぜ」

レンタルした軽トラックから、庭へとその木材を運びながら、秋雄は嬉《うれ》しそうに言った。わたしは今にも崩れ落ちそうな縁側に立ち、彼が動くのを黙って眺めていた。わたしは一度たりとも彼の仕事を手伝ったことはない。秋雄も、わたしには決して手伝わせようとはしなかった。

雑草の生い茂る小さな庭には、炭色の木材が次々と積み上げられていった。庭の隅には、秋雄が今までつくってきた作品と、残骸《ざんがい》になった作品がいくつも散らばっている。そのうちのひとつは、ブルース・リーの真似《まね》をして、空手チョップと足蹴《げ》りで壊したのだ。秋雄はときどき頭のネジがゆるむ。見ているとわたしのネジまでゆるみそうになる。けれど、ブルース・リーになりきったときの彼は、本当に可笑《おか》しくて、わたしはひさしぶりに、おなかが痛くなるまで笑った。あの独特のポーズを何度も繰り返し、秋雄の鼻は煤《すす》でまっくろになっていた。木材を繋《つな》ぎ合わせてつくったヌンチャクを振り回し、自分の背中をどんなに強く打っても、「アチョウ！」としか言わなかった。

秋雄は、三年間勤めたパチンコパーラーを今年の春で辞め、自称芸術家になった。彼からそのことを告げられたとき、「そう」とわたしは答えた。あまり驚きはなかった。会社を突然辞めて、まったく違うことを始めた男性を何人か知っていたし、秋雄なら、あり得ることかもしれないと思った。それに芸術という夢みたいな言葉が、去年の冬に強引に連れられ、彼の実家に泊まりにいったときの記憶と重なった。

「なあ、いいもん見してやろうか？」

秋雄の通っていた中学校を見にいった帰り、わたしたちは川べりの道を歩いた。風の強い日で、わたしは髪に手を何度も当てなければならなかった。

「……いいもの？」

「うん。見たいだろ？」

返事するよりも早く、秋雄はわたしの手首をぎゅっと摑んで駆けだした。わたしは上体を前に倒し、足がもつれないように、気をつけながらあとについた。

湿気の強い風が、わたしたちを圧迫し、そして過ぎていった。彼の着ているポリエステル地のパーカーがバサバサと風に揺れ、それだけが今にも空高く飛んでいってしまいそうだった。体の内側にあるリズムが速くなり、汗がにじみだすものすぐに風に奪われ、暑いのか、寒いのか、よくわからなくなった。わたしたちは川岸にある草むらの中に入った。

「誰にも言うなよ」

目をするどくさせて言いながら、秋雄は川のみなもを指さした。ビー玉色の川の底には、一台の自転車が横倒しの状態で埋もれていた。どれくらいの月日が経《た》っているのか、自転車は小さな小石を敷きつめた水底に、ぴたりとはめ込まれ、周りと同色の藻にところどころ覆《おお》われていた。そして周囲の石は、自転車と同じ錆色《さびいろ》にうっすらと染まっており、空も岸も水の音もふくめ、目の前にあるそのすべてが、作為的につくられた立体オブジェのようだった。

「すごいね……自然にこうなったんだよね？」

金属もタイヤも石と同化し、それでいて見方によっては、自転車が走っているようにも見えた。車体の先端が、川の流れとは逆のほうを向いているからだ。

「今日みたいに天気がよくて、水がきれいなときしか見えないんだ」

「……秋雄、いつから知ってるの？」

わたしは自転車から目を離さずに訊《き》いた。二次元的であり、四次元的であり、いつまでも眺めていたいと思った。秋雄は何も答えず、ひらたい小石を拾い集めて、水切りを始めた。わたしはその音がせわしく感じられてとても嫌だった。

わたしはしゃがみ込み、水に手を入れて自転車に触れようとした。痛いくらいに水は冷たく、指先がみるみるうちに赤くなった。思っていた以上に自転車は深い場所にあり、すぐにあきらめた。戻そうとしたその手首から先が、唐突に後ろから伸びてきた手に包まれ、やがてわたしの体全部が秋雄の体にくるまれた。パーカーの生地がこすれあう音がして、前端にあるファスナーが耳に当たった。秋雄の頬は冷たく、わたしの髪もひどく冷たかった。

スーパーに入ると、わたしは紀ノ国屋のエコバッグを隠すように、オレンジ色の籠《かご》を手にした。紀ノ国屋のエコバッグを持ってきたのは失敗だった。スーパーの店名が書かれた袋を持って別のスーパーに入るのは、どこか後ろめたいものがある。母と一緒だったら、間違いなく嫌味のひとつでも言われていたことだろう。

それにしても、今夜は何をつくろう？　今日がわたしの誕生日だということを、秋雄はきっと忘れている。そうした場合は自分で自分を祝うべきなのか、いつもと変わらない一日を送るのか、わたしは決めかねていた。青果売り場には、フロリダ産のグレープフルーツが積み上げられており、深呼吸をすると鼻の奥がすうっとした。手にしたひとつはずっしりと重い。わたしはわたしのいちばん好きな、鶏肉《とりにく》のクリームシチューをつくることにした。

レジを済ませ、食材をビニル袋に詰め込むときになると、わたしは急がなければならなかった。紀ノ国屋のエコバッグがむきだしになってしまう。バッグには、紀ノ国屋のローマ字が馬鹿《ばか》みたいにたくさん書いてある。

籠を戻し、急ぎ足でスーパーを出ると、目の前を銀色の乗り物に乗った少年が、シャーッ、と音をたてて過ぎていった。ローラースルーゴーゴーとよく似た、その乗り物の正式な名前を、わたしはいまだに知らない。友達と話をするときも、ローラースルーゴーゴーもどきがね、とばかり言っている。

ローラースルーゴーゴー、ローラースルーゴーゴー、ローラースルーゴーゴー、わたしは歩道を歩きながら頭の中で繰り返し、へんな名前だと思った。

秋雄のアパートはとても遠い。電車とバスを乗り継いで一時間、バス停の近くにあるスーパーからは、歩いて二十分近くかかる。ローラースルーゴーゴーもどきがあれば、あっというまに着くのかもしれない。わたしは銀色のそれに乗っている自分を想像し、人気のない住宅街を歩き、クリーニング屋の手前を左に曲がり、そこから五十メートルほど歩いて細い路地に入った。アスファルトが砂利道に変わり、右も左も突然緑色になる。秋雄のアパートまでの道のりの中で、いちばんのお気にいりの路地だ。瓦《かわら》屋根の古い家と、垣根が続く風景に、懐《なつ》かしさを覚え、歩き進むにつれてだんだんと、少女に戻っていくような心持ちになる。

秋雄が借りているアパートは、まったく違う建物をつくるためにいったん閉鎖したものの、取り壊しの目処《めど》がつかず、何年ものあいだ放置されていた物件だ。地主のところまで行って頭を下げ、無理を言って六部屋あるうちのひとつを借りた。彼はそうしたことにかけては貪欲《どんよく》に駆けずりまわる。しかし法的には問題があるらしく、敷金礼金もない代わりに、部屋が掃除されることもなければ、枠組みの壊れた襖《ふすま》一枚とて直してはもらえなかった。月々わずかの家賃を振り込んでもらう以外は、一切の関わりを持たないことを、地主側の条件としていた。そうしたわけで秋雄の引っ越しは蜘《く》蛛《も》の巣とりから始まった。どんなに汚しても音をたてても構わない部屋を探していたわけだから、彼にしてみれば条件はすべて満たされていた。けれどわたしには、秋雄がどんなに手を加えても、廃墟《はいきょ》も同然の空間にしか見えなかった。

金槌の音が外まで響いている部屋のドアに、わたしは手をかけた。ノックも鍵《かぎ》も必要ないぶん、ドアを開けるのをいつも躊躇《ちゅうちょ》する。反射的に息を殺し、ドアノブを手前にゆっくりと引くと、むせかえるような、埃《ほこり》の匂いがした。空気中には細かい粒子がたくさん入り交じっている。秋雄はしばらくしてから手を止め、わたしの顔を不思議そうに眺めた。

「よう」

彼の声が聞こえたのと同時に、変わり果てた部屋の内装が目の中に飛び込み、一瞬、わたしは軽いめまいを覚えた。台所以外は壁にも天井にも、炭色の木材がびっしりと打ちつけられ、床板まで剝がしたらしく、雑草の生えたむきだしの地面には、何本かの樹木が此処《ここ》かしこに植えてあった。そして部屋の四隅には、大きなライトがひとつずつ備えつけられ、部屋の中にある不自然な植物群を鮮やかに照らしだしていた。

「……すごいね」

わたしは言いながら、いつもと同じに土足で部屋の中に入ると、秋雄にはわからないように、静かにため息をついた。わたしのいられるスペースは、今はもう四畳ほどの台所しかない。今夜もまたこの場所で眠ることになるのだろう。先週から始まっていたことだったが、目の当《ま》《あ》たりにすると少し悲しくなった。

「オレさ、やっと気付いたんだよね。やっぱオレ、すっぽんぽんが好きなんだよ」

秋雄は目を輝かせて言った。口の周りには無精髭《ひげ》がたくさんはえていた。

「どういう意味？」

わたしは彼から目をそらし、部屋の中を見回して気持ちをリラックスさせた。秋雄の話を聞くには、態勢を整えなければならない。

「だーらたとえば、女の写真を撮るとするだろう？　ぴたぴたの服を着させて、おっぱいやケツを強調させるってやり方もあるし、ガーゼみたいな透ける服を着させて、びーちくや毛をちょっぴしだけ見させてやるって方法もあるわけよ……でもさ、これって好みの問題なんだ。ぴたぴたの服は想像力をかきたてられっけど、オレ的にはじれったい。透けてる服もわざとらしくて、ときどきぶっとばしてやりたくなるときがあるんだよ。やっぱさ、まるだしだよまるだしっ！　毛だってケツの穴だって、ばっちし見してくんなきゃわかんねーよ。見ててどっひゃーってなんねーじゃん」

「……そうなの？」

わたしは秋雄の言っていることがわからないなりに、頭の中で話を映像化していった。①体にぴったりフィットした服を着ている女の人。②シフォンジョーゼットのスリップドレスを下着なしで着ている女の人。③一糸まとわずベッドの上で股《また》を大きくひろげている女の人。わたしには②がいちばんいやらしいように思えたが、女の人がいちばんきれいに見えるのも、おそらく②だと思った。

「なんかさ、前々から感じてたことだとは思うんだよな。でもってオレは、まるだしのもんがいちばん好きなんだってことが、今日トンカン仕事してたら、言葉としてはっきりわかったんだよ。あられもなく欲望をむきだしにするんだよ。バッキンバッキン、ピキーン！　悟ったっつーのかなあ……なんかこう、先が見えてきたって感じだよ。うん」

しゃべりながら秋雄は背を向け、ふたたび釘《くぎ》を打ち始めた。振動で、部屋にあるものすべてが小刻みに震えていた。わたしの頭の中も激しい音でいっぱいになった。早く耳栓を付けようと思いつつ、食材を冷蔵庫の中に移していった。

秋雄のときと同じようにケーキを買ってきて、わたしの誕生日を知らせようかと思ったが、いくらなんでも冗談にさえならないと思い、結局やめることにした。それにクリームシチューのあとでは、ケーキよりもグレープフルーツのほうが、あうに決まってる。冷蔵庫の中はライトに照らされ、プラスチックの内壁が怖いくらいに白い。泥にまみれた部屋の中では、そこだけが唯一《ゆいいつ》清潔に感じられ、中を覗《のぞ》き込んでいると気持ちがやすらぐ。卵を載せるトレーひとつさえいとおしく思えた。

冷蔵庫の扉を閉めると、エコバッグの中から耳栓を取り出して、苺《いちご》味のマシュマロのようなそれを細くねじりつぶした。頭をかたむけて耳の奥までそっと入れると、耳栓はすぐさま形状を取り戻し、金槌の音はずいぶん遠くになった。まるでネコの心臓の音みたいだ。

ド、ド、ド、ド、ド。

音は唐突に鳴りやみ、わたしは秋雄のいるほうへ目を向けた。彼は金槌を下ろし、後ろポケットに手を入れて釘を取り出していた。そのうちの二本を口にくわえ、一本を壁に据え、すぐにまた金槌を振り始めた。唾液《だえき》で濡《ぬ》らすと釘が錆《さ》びやすくなり、より頑丈に固定されるから、釘をくわえるのにも意味があるらしい。秋雄はそうしたうんちく話をとても大事にしている。ディテールやスタイルにばかりこだわっている。首に巻いた赤いタオルにしても、ペンキのふりかかったつなぎの作業着にしても、その組み合わせ一つ一つにこだわっている。

わたしはカメラのシャッターをぱちりと切るみたいに瞬《まばた》きして、じゃがいもの入ったビニルを破ると、立ち上がって夕食の準備にとりかかった。

きっと秋雄は、川底にあった自転車のような作品をつくっていくのだろう。わたしはそう思っていた。しかし彼がつくりだすものは奇妙奇天烈《きてれつ》なものばかりで、鈍いわたしには、何かを感じとることもできなかった。

「なんか今どきさ、エコロジーとか自然環境がどーとかよく言ってるけど、げーじゅつ家っつーのは何より、反骨精神みたいなもんが、バリバリ大事だと思うんだよね……だろう？　だーらオレは、木にこだわろうと思うんだ。素材を木に限定してすげーのをつくっていくんだよ。でもって木をたくさん使って、世間が大事にしようとしているもんを、少しずつオレのもんにしていくってわけよ」

秋雄はそう話していたとおりに引っ越してからは、木材ばかりで作品を次々とつくっていった。肛門《こうもん》に入ったダッチワイフというテーマの巨大な臀部《でんぶ》。カブトムシと象とミッキーマウスを合体させた空想上の動物。にっこり笑った自分の顔をキューブ状に分解したオブジェ。坐《すわ》ったら仏様になれる張りぼての安楽椅子《いす》。釘をたくさん打ち込んだタワシのようなハンガー。誰が使うのか人ほどの長さもある巨大な割り箸《ばし》と耳搔《か》き。見せられると頭の中は、毎回、豆腐みたいにまっしろになった。秋雄からの説明を聞いてはじめて、そんなふうなものをつくっているらしい、ということがおぼろげながらわかるのだ。見た限りでは、木材とペンキと釘が、何かの間違いでひとつのかたまりになったものにしか見えない。好きか嫌いかの判断さえできず、わたしはいつも同じ言葉しか言えなかった。

「……すごいね」

「なあ、おまえさ、ほんとにそう思ってんの？」

「うん……えーと、正直なところ、わたしにはさっぱりわからない」

「わからないんだったら駄目じゃん」

「でもわからないってことは、まったく新しい、ってことかもしれないんでしょ？」

「そう、そーなんだよな……おまえさ、これ見て異次元にぶっとんだような気分になる？」

「うん。なるよ。見た瞬間、頭がくらっとする」

作品について感想を述べるときは、自分が嫌な人間だということを再確認するときでもある。思いやりというものを履き違えていると頭ではわかっていながら、わたしの舌は差し障《さわ》りのない言葉を選ぼうとする。回避することが、美徳なのだと体が信じている。それでもある日、「すごいね」のあとに、わたしは言葉を続けた。

「ねえ、どうして秋雄は、芸術家になろうと思ったの？」

「え？　そんなの、とにかく何かをつくりたいからだよ。やっぱ人間っつーのは、何かを生産しなきゃ駄目なんだよ。形づくっていかないと……おまえもなんかつくれよ」

「わたしはごはんをつくってるもん。ねえ、でも、なんで芸術を選んだの？」

「そんなの決まってるじゃん。いちばん自由だからだよ。ビバ、フリーダム！　世の中にはほかにもいろいろあるけど、学校とか会社とかに入って、誰かと一緒にものをつくるのなんて、オレは絶対やーだね」

「ふーん」

わたしは鼻を鳴らした。毎日、わたしは会社で、細字のボールペンで米粒みたいな数字を書類に書き込んでは、判をぶれることなく押し、それをコンピュータに入力したり、コピーしたりを繰り返している。ドットひとつ、日付ひとつ間違えることは許されない。コピーを一枚とるにしても、縦横が少しでもゆがんでいたら、お局《つぼね》様から注意を受ける。プリントアウトの際に付着する汚れにも気をつけなければならない。もし、ありんこ程度でも汚れがついてしまったら、修正液で消してもう一度コピーをとり直す。

まったく本当に、馬鹿みたいな仕事だと思う。秋雄がしているように、自分の好きなようにものごとが進められたら、どんなに楽だろう？　何かをはじめようとする意志の強さも含め、うらやましく思うし、わたしも真似《まね》してみたいと思う。

けれどそれはそれで、秋雄の作品をまじまじと見ていると、会社の仕事のような細やかさも、ある程度は必要なのではないかと思えてくる。最終的には誰かが見るものだという他者の存在への意識が、彼の作品には少しも感じられない。彼のつくりだすものには、他人の入り込む余地など微塵《みじん》もない。

わたしはそうしたことを考えれば考えるほど、秋雄に対して言葉を失っていった。自分の考えを言葉として、声として組み立てることができなくなった。あれこれ言ったところで、彼が変わるはずもない。彼がわたしにたくさんの言葉を投げかけても、根本的にはわたしの考えが少しも変わらないのと同じように、彼が変わることはない。秋雄はいつもひとりで考え、いつもひとりで答えを出している。

「せ、世界中を飛び交う電波にやられちゃうんだ！」

「でんぱ？」

「駄目だ！　ウォーッ!!　口から怪獣が出てくる！」

「……かいじゅう？」

「こんにゃろう！　勝手に飛びだすんだよ！」

わたしには秋雄の言っていることが半分も理解できないし、ある時期を過ぎてからは、あまり深く意味を考えないようになった。けれどそのときばかりはしばらくして、なるほど、と手を打ちたくなった。確かに秋雄は、ときどき怪獣みたいになる。

ぶつぶつ言っているうちに頭のネジが外れ、つくった作品をハンマーで叩《たた》き壊したり、庭に投げだしたり、夜中にふとんの中でしくしく泣いたりする。コンテストに応募しても、展覧会を開いても、道端で売りにだしても、作品が報われることはなく、秋雄は思い出したようにおかしくなるのだ。自分の髪の毛に突然火をつけたこともあったし、カッターで胸のあたりをバツ印に切って血だらけになったこともある。

わたしは秋雄をなぐさめるのも、自分をより騙《だま》すように思え、発作がおさまるのを黙って待つことにしている。彼はわたしには決して当たらない。わたしも決して干渉はせず、いっとき空気のような存在になる。誰かと共存する上において、自分を消去することがいちばんいい方法に思える。感情もなく、思考を働かせることもなく、完全無色透明の状態でいれば、自然ともとの状態になる。やがて彼は立ち直り、意欲も遊びごころも取り戻し、わたしにもたくさんの言葉を投げかけるようになる。性懲《しょうこ》りもなく、また木材を買いあさるようになるのだ。

そして今度は、部屋の中すべてを、オブジェにすることに決めたらしい。部屋をオブジェにしてしまえば、仕事場がなくなるわけだし、そろそろ貯金も底をつき始めているはずだから、おそらくこれが最後になるだろう。とりあえず最後までは、週末には怪獣さんにごはんをつくってあげよう。わたしはそれ以上のことは何も考えず、毎週、秋雄の住むアパートまで出掛けていった。

金槌《かなづち》の音が、電気ノコギリの音に変わった。わたしはガスレンジから離れ、エコバッグの中からマスクと水泳用のゴーグルを取り出した。秋雄の目や耳は、いったいどうなっているのだろう？ わたしは埃にも音にも耐えられない。そして顔中を完全装備すると、鍋《なべ》のふたを少しだけ開けて、クリームシチューをゆっくりとかき回し、マスクをずらしてもう一度味見した。

「うん。スープはあっさりしているようでコクがある。じゃがいもの大きさもいいっすねえ。チキンは口に入れると、ぱらぱらと肉の繊維がほぐれるし、でも何より、このブロッコリーが固すぎずやわらかすぎず、色もきれいな緑色で、食欲をそそるでやんすよ。うん」

秋雄は料理評論家ごっこが好きだ。けれど言うことがいつも似たり寄ったりで、本当においしいと思っているかさえ怪しいところだが、わたしの頬は自然とほころぶ。

「どう？　自分としては？」

「え？」

「おまえが自分でつくったシチューだよ」

「……うん」

「うん、じゃなくてさ、なんかないのかよ？」

わたしはスプーンの先をシチューの中に沈ませ、軽くトーストしたバゲットを手にした。

「うん、よくできたと思う」

「それだけ？」

「なあ、なんでおまえっていつもそうなの？」

「……？」

「そうって？」

「オレ、いまだにおまえが何考えてんのかわかんない」

「……そう？」

「だからさー、そーゆうところだよ。冷めてるっつーかなんつーか……あーあ、もういいや別に。オレはオレ、おまえはおまえだからな」

秋雄は仕事で疲れているのかもしれない。わたしは彼がいつになく突っかかってくることに驚き、言葉を探した。

「……なんだか今度の作品は、森みたいだね」

「え？　うん……でもさあ……今ひとつ木の生長がわりーんだよなあ」

「ねえ、そういえばあの木、いったいどうしたの？」

「神社や公園の裏に生えていたやつを、三日がかりで掘って、夜中にリヤカーで運んだんだよ……でもやっぱ、そんときに根が死んじゃったのかな？」

四つのライトに照らされ、昼間のように明るい六畳間の部屋を、わたしはあらためて眺めた。さっきまで地面に植えてあった木は、天井に三本、右の壁に二本、根の部分に当て木して強引に打ちつけられ、枝と葉が地に向かってだらりと下がっていた。秋雄が言うように、もし根が死んでいるとしたら、もうとっくに死んでいるか、今この場所で死んだのだろう。普通に地面に植えられている木は二本しかなかった。どれもが床から天井までの高さもない若い木で、幹もまだ細かったが、何十年何百年と生きて、立派な樹木になる種類なのかもしれなかった。

そして壁から天井へ、天井から地面へ、地面から壁へと、ランダムに何本もの棒が引っ掛けられ、それが樹木の補強をする役割も果たしていた。壁には古い木材が執拗《しつよう》なまでに打ちつけられ、木材が重なりあって、山をぼこぼことつくり、表面には年輪がいびつな渦を巻いていた。その複雑で大きな渦は、近くの渦と混ざりあい、さらにまた別の渦と融合し、全体として見ると、サイケデリックな模様のようでも、拡大された象の皮膚のようでもあった。一カ所として同じ渦巻きはなく、じっと眺めていると、起伏の感じやざらつき加減が、手の中に感じられるようだった。

「あのライトってさ、知ってる？　ソラリーンっていうんだぜ」

「……え？」

「ソラリーン。ふざけた名前だよな。ドイツ製でさ、人工的な太陽光線をつくりだすんだ。すげー高いもんだから、一カ月だけレンタルしてるんだ。普通はスポーツクラブとかで、健康のために使うもんらしい」

「じゃあ、あれって木や雑草のためにあるの？」

わたしは訊《き》きながら、来週からは日焼け止めクリームも持参しなければと思った。

「そうだよ。木をもっともっと大きくして、緑でいっぱいになったら完成なんだ」

「ふーん……じゃあ、緑でいっぱいになったら、お部屋の空気がよくなるね。つくりたての酸素でいっぱいになって」

「ばっかだなあ。植物っつーのはさ、光が当たってるときは光合成をして、酸素をつくりだすんだけど、光が当たらないときは人間とおんなじで、二酸化炭素を吐き出すんだぜ。だーら、もし緑でいっぱいになって、あのライトがなくなったら、たぶんこの部屋は酸欠状態になるんだよ……まあでも、木の種類にもよるのかもしんないけど」

「でも、光が当たっているときだったら、酸素をつくるんでしょう？」

「いや。最終的には窓も全部ふさぐ予定でいるから、やっぱ酸欠状態だね」

「……そんなことをしたら、植物のほうが駄目になるんじゃないの？」

「あ、そっか。そーだよな……じゃあオレ、やっぱソラリーン買わなきゃ駄目なのかな？　どうしよう……こんちくしょう、計算外だったよ」

秋雄はそう言って、スプーンを皿に当ててカチカチと音をたてた。わたしには、秋雄が何をしても木は枯れるような気がした。

わたしはピクニック用のテーブルから離れ、冷蔵庫からグレープフルーツをひとつ取り出した。つるりとした果皮がいい具合に冷えていた。半分に切ると、香りで口の中がすっぱくなった。わたしはグレープフルーツを皿に移し、スプーンを添えてテーブルの上に置いた。

秋雄はグレープフルーツには見向きもせず、席を立つと大きな麻袋を抱え、作品の中へと入っていった。麻袋の中には固形の肥料が入っており、彼はそれをスコップですくい、壁や天井に叩きつけるようにばらまいた。

「がんがん大きくなれーっ！」

彼は同じ言葉を何度も繰り返していた。コツコツ、肥料は音をたてて壁に弾《はじ》かれ、饐《す》えたような匂《にお》いを放った。わたしはグレープフルーツをひとりで食べ始めた。すっぱくて苦くて甘くて、とても冷たい。口内を刺激する果汁をたくさんふくんでいた。わたしはスプーンを上手に使い、果肉のかたまりを次々とすくいあげた。

どこからか風が吹き込んでくるのか、葉のカサカサと揺れる音がした。秋雄はそれに答えるように、わたしの隣で歯ぎしりしていた。わたしは毛布をめくって体を起こし、つまさきをベッドの下にある靴に引っかけた。

思っていたとおり、秋雄がわたしの誕生日を思い出すことはなく、いつもと変わりなく一日が終わった。わたしはグレープフルーツを丸々ふたつ食べ、就寝間際《まぎわ》からおなかの調子がおかしくなった。うとうとしかけると思い出したように痛みがおとずれ、もう何度もトイレに立っていた。クリームシチューとグレープフルーツがおなかの中で混ざりあい、即席のヨーグルトになって、胃腸の働きをよくさせすぎたのかもしれない。

水の流れる音を背にしながら、折り畳み式のベッドに戻ると、わたしは体をゆっくりと横たわらせ、スー、ハー、と声に出して深呼吸した。ソラリーンが点《つ》けっぱなしで台所のほうまで光が届き、瞼《まぶた》を閉じても目の前がサーモンピンクに見えた。もう一度痛みがやってきて、トイレに行ったら、お尻《しり》の穴は今度こそ裂けてしまうかもしれない。わたしは秋雄から借りているTシャツの中に手を入れ、おなかをやさしくさすった。

まるで鳥が羽ばたいたような、枝の揺れる音がした。目を開けて視線を向けると、葉が何枚か枝から落ちていった。もしかしたら、ネズミでもいるのかもしれない。そう思うと、手のひらの下にあるおなかが萎縮《いしゅく》し、わたしは秋雄の腰もとへ手を置き換えて、隣の部屋をおそるおそる見据えた。

天井からぶらさがっている木、右の壁から飛びだしている木、地面に植えてある木を、目で順々に追っていった。何かが動きだすような気配はなく、無数の葉と壁中につくりだされている葉の影が、人工光線の中で静かに揺れていた。

わたしは葉の影をぼんやりと眺め、そして古材に浮かびあがっている渦を眺めた。すべてが光と影の対になり、今にも消えてしまいそうな危うい雰囲気の中で、それぞれがそれぞれに、静かな吐息をたてていた。わたしは何かを感じとることができそうだった。ラジオの周波数がもう少しで繋《つな》がろうとしているときのように、秋雄の今回の作品から、何かしらのイメージを得られそうな気がした。わたしは瞼を閉じ、その確かな存在を感じ、すぐにまた瞼を開けた。

枝が震えながら、上へと少しずつ伸びていった。逆さになっていた樹木の枝は、途中から反り返り、周りと同じように、上に向かって枝先を伸ばし、そしてたくさんの葉を茂らせた。すべての幹はゆるやかなカーブを描きながら太くなり、根の部分は壁の古材と同化していった。

葉の落ちる量が次第に多くなり、紙吹雪のように舞い落ちては、雑草の上に積もっていった。青臭い草の匂いがあたりにつんと漂い、天井は隙間《すきま》なく葉に覆《おお》われ、それでも樹木は生長をやめず、嫌な音を発しながらアパートを揺さぶり続けていた。やがて壁は巨大化した樹木のうねりに完全に包まれ、樹木の表面にまでサイケデリックな模様を浮かばせ、模様のひとつひとつが絡《から》みあう蛇のように、ゆっくりと動いていた。

わたしは秋雄を起こさなければならないと思った。けれど隣で寝ていたはずの秋雄の姿はどこにも見当たらず、彼の腰もとだと思っていた場所には、毛布が一枚あるだけだった。わたしは上体を起こして部屋の中を見回した。いつのまにか、秋雄は生長したオブジェの中に立っており、顔を斜め上に向けてシャボン玉を吹いていた。シャボン玉の液体が入った小さなボトルは、わたしも幼い頃に何度となく買ったことのあるピンク色のプラスチックで、ストローもラッパ状になった蛍光色のものだった。わたしはベッドから飛び降り、裸足《はだし》のまま彼のそばに歩み寄った。

「ねえ、そんなことしてる場合じゃないでしょう。たいへんなことになってるよ」

秋雄は何も答えず、頰をふくらませて楽しそうに、シャボン玉を吹き続けていた。

上半身裸で、下は黒いタイツ姿だ。靴は安っぽいチャイナシューズを履いている。彼はわたしが見ていることに反応するように、その黒豹《くろひょう》みたいな片脚をひょいと上げ、空をキックした。

「アチョウ!」

「ねえ秋雄」

「ばっかだなあ……今回の作品はよう、シャボン玉をいっぱいぶっ飛ばしたら完成なんだよ。おまえも手伝えよ、ほら」

秋雄はそう言って、わたしにもシャボン玉セットを手渡した。あたりは急に静まり、樹木の生長はすでに止まっていて、止まってしまうと緑のオブジェは、どこにでもあるような雑木林にしか見えなくなった。そして林の中には、たくさんのシャボン玉が飛び交っていた。木の枝に当たって割れても、きれいな瑠璃色《るりいろ》の膜を張ったシャボン玉が次々とあらわれ、手伝う必要なんて全然ないのに、とわたしは思った。それでもシャボン玉を久しぶりに吹いてみたい気持ちにかられ、キャップを開けてストローを液に浸し、唇をつけて息をそっと吐き出した。

「ね」

「ねえ」

「ねえ秋雄」

「ねえ秋雄、知ってる?」

「ねえ秋雄、知ってる? 今日はわたしの誕生日だよ」

ストローの先から出てきたシャボン玉はすぐに割れ、自分の言葉になった。わたしは驚き、秋雄も驚いたような目つきになってわたしの顔を眺めた。

「そっか……うん。そーだったよな」

秋雄はぼそりと言うと、シャボン玉の液が入ったボトルを投げ捨て、電気ノコギリを持って周りの木を切り始めた。すさまじい音とおがくずが飛び散り、空気中に舞っていたシャボン玉は、すぐに消えてなくなった。わたしはベッドに戻り、耳栓を耳の奥までねじ込み、ゴーグルをはめてマスクをつけ、秋雄の背中で奇妙な動きをする、むきだしの肩胛骨《けんこうこつ》を眺めた。

キュイーンガガガガ、ドンドンドンドン、キュイーンガガガガ、ドンドンドンドン、音はいつも以上に激しく、わたしは毛布を頭からかぶってネコのようにまるまった。ドドガガドドガガ、ドンドンドンドン、ドドガガドドガガ、ドンドンドンドン、音は決して途絶えることなく、あらゆるものを突き破り、わたしの頭の中に飛び込んできた。

「ほら、できたぞ」

秋雄の声が遠くに聞こえ、わたしはゴーグルや耳栓を外し、毛布からゆっくりと顔を出した。目の前には、等身大の、木製のわたしが立っていた。わたしは声を出すこともできなかった。ごつごつと荒削りな作品ではあったが、それは紛れもなくわたしだ。やがて木製のわたしは、一体また一体と増えていき、部屋中がまたたくまに木製のわたしでいっぱいになった。

いつのまにか秋雄は消え、アパートの部屋もとろけるように消えてなくなった。そして目の前には、パノラマ映画が始まったみたいに、木製のわたしがぞろぞろと町を行き交い、会社で働き、バスに乗り、本を読み、料理をつくり、グレープフルーツを食べる、たくさんのわたしの姿が見えた。町ですれ違う老婆《ろうば》も、買い物をする若者も、ローラースルーゴーゴーに乗った少女も、みんな木製のわたしなのだ。誰もが同じ顔で、同じ歩き方をしており、わたしは本能的に、偽者《にせもの》の彼女たちを壊さなければならないと思った。

わたしはベッドから飛び降り、どこかにあるはずの電気ノコギリを探した。けれど体が急に動かなくなった。下を見ると何枚かの板で添え木され、足が地面にがっちりと打ちつけられていた。何本もの五寸釘《くぎ》が足の甲に打ち込まれ、それでいて痛みは少しもなく、不思議に思って見ていると、足は下から少しずつ樹木に変わっていった。

皮膚が炭色になり、急速に水分を失い、そしてひび割れていった。わたしは体をぴくりとも動かすことができなかった。手を挙げることも、声をあげることもできなかった。自分の体がだんだんと固くなっていくのだけがわかり、周りを見ると同じように、たくさんのわたしが樹木になり始めていた。木製のわたしたちはみるみるうちに、人間としてのディテールを失い、枝を伸ばし、葉を茂らせ、そしてわたしも、わたし自身の姿を完全に失ったのだとわかり、視界は暗闇《くらやみ》に包まれた。

恐怖も悲しみもなく、妙な安堵《あんど》感《かん》に包まれていた。このまま木になって風に吹かれて、一生を過ごすのも悪くないかもしれない、と頭の片隅で考え始めていた。けれどわたしの思考をさえぎるように、「アチョウ！」と叫ぶ秋雄の声がして、声に重なり、電気ノコギリと金槌《かなづち》の音が聞こえた。

木製のわたしだったそれが、一本一本切り倒され、秋雄の手によって次々とオブジェ化されていくのが、そのけたたましい音でわかった。わたしは秋雄の声をひどく懐《なつ》かしく思ったが、彼のおかしなオブジェにだけはなりたくなかった。今までの作品を思い出し、頭に描けば描くほど悲しくなった。それでも彼の叫び声と轟音《ごうおん》は、ゆっくりと確実に近付いてくる。たぶん、秋雄はわたしには気付かないだろう。たとえわたしだと気付いても、秋雄なら、おもしろがって切り倒すだろう。

「アチョウ！」

秋雄の声は近い。わたしはどうすればいいのかわからなかった。体を切り刻まれるのも、釘を打ち込まれるのも嫌だ。わたしはわたしに戻りたかった。本当の自分に戻ってから泣きたかった。わたしは体中に力をいれ、カサカサと動く葉のイメージを思い浮かべながら、自分から生えているたくさんの枝を震わせようとした。

パーマネントボンボン

試験の日まで残された日数は、あと一カ月もない。

教室は、共同アトリエとして開放するから、あとは画塾に来るも、自宅にこもるも自由。自分で自分を仕上げなさい、と講師は言って、教室からそそくさと出ていった。誰もが黙り込み、それから思い出したようにざわめき始めた。

イツオは隣にいるサワに目配せした。サワは不思議そうな表情をして首をかしげ、染めたばかりの赤い髪の毛を、ファバーカステルの鉛筆にくるりと巻きつけた。

「ツオちゃん、アホちゃーう?」

画塾をそうそうに抜け出して、電車に乗り込んでから、考えていたことを話すと、サワは声を大きくして言った。イツオは両手を吊《っ》り革にかけ、体がしなるまで前のめりになった。

「だってあれって要するに、もうあきらめなさい、って言われたようなもんじゃん」

「だからあ、そうやなくて、ラストスパートをかけろってことやん」

「でもさあ、考えてみろよ。結局のところ、絵っつーのはさ、今さらバタバタしたって、急にうまくなるもんでもないわけで」

イツオは窓の外をぼんやりと眺めながら言った。サワは扉のそばから離れ、イツオの横顔をまじまじと眺めた。車内には青白い陽が射《さ》し込み、あたり一面に小さな埃《ほこり》がふわふわと舞っていた。

「ツオちゃん、ほんまにそー思ってんの？」

「思ってるよ」イツオはきっぱりと答えた。「学科は学科でたかが知れてるし、だからせっかくのフリータイム、遊ばなきゃ、ってもんでしょ？」

「なあツオちゃん、ツオちゃんはあ、なんでそーなんの？」

「じゃあサワは、なんで今ここにいるんだよ？」

イツオは電車が揺れるのにあわせ、体を後方にぐったりと倒した。

「サワは家に帰って描くもん。今日からいっぱいいっぱい描くもんね。だってツオちゃん、わかってんのー？　そんでなくても二回目やねんで」

「ターコ。わかってるから描かないんじゃん」

「あーあ。サワはもうしーらないっと。好きにすればいいやん」

　サワはボーダー柄のマフラーを巻き直し、背筋をすっと伸ばした。頭上から流れてくるアナウンスは、もうすぐ新宿駅に着くことを告げていた。「好きにするでやんす」とイツオは答え、両手を吊り革から離し、トートバッグを摑《つか》んだ。

「ねえ、なんでツオちゃんも降りんの？　今日もサワんちくんの？」

「いや。ちょっと新宿に寄ってく」

「何しに？」

「別に。ちょっと本屋に行って、レコード屋に行って、ぶらっと回るだけだよ……それに、大丈夫だよ、とうぶんはサワんちにも行かないよ」

「はあ？　なんで？」

「なんでって、そのほうがよくない？　サワは描くんだろ？」

「れれれー？　ツオちゃんもしかして遠慮してんの？　だったら、ちょっとキモチロい、い、いで」

「キモチロイ？　なんだそれ？」

「気持ち悪くておもしろい、ってことやん」

　イツオは深くため息をつき、息も途切れると、「じゃあさ」と言った。

「今日をいったん最後に、夕方くらいに行くよ。荷物とかも残ってるし」

サワは神妙な表情を浮かべ、「ふーん」と鼻を鳴らした。電車は減速を始め、やがて新宿駅のホームへと入った。窓の外にはたくさんの人があふれていた。


ボボボボ、ボボボン。ボボボボ、ボボボン。

ボボボボ、ボボボン。ボボボボ、ボボボン。


夕方、イッオは黒く大きなナイロンバッグを肩に掛け、高円寺にあるサワのアパートに行った。サワはカンヴァスを掛けたイーゼルを前にして坐《すわ》り、自主的な課題に取り組んでいた。

「ツオちゃん、何それーっ!?」

サワはイツオを見るなり、声を裏返して言った。

「買っちった」

「買っちったってさあ、どーゆうこと?」

「ほら、オレ年末に、三日続けて歩行量調査のバイトやったじゃん? でもって西武でカードもつくっちゃったじゃん? だからちょっと羽振りがいいってわけっすよ」

得意そうに言いながら、イツオはスタジアムジャンパーを脱ぎ捨て、ナイロンの専用バッグからベースギターを取り出した。サワの部屋は駄菓子屋なみに荷物が多く、それに加えてイーゼルを立てて絵を描いているところだったから、ベースギターに吊りベルトを付け、肩に掛けて立ち上がると、部屋は隙間《すきま》をいっそう失い、ちょっとでも身動きすれば、何かに当たることが目に見えてわかった。

「あんなーツオちゃん、サワはそんなん訊《き》いてるんやなくて、なんでベースなんて買ってんねんやろなあ、って訊いてんやで」

サワはパレットの上にあるオレンジ色の絵の具を混ぜながら言った。イツオは何も答えず、ベースギターがカンヴァスに当たらないように、縦に抱えて持ち、サワの脇《わき》を通って姿見の前に行った。

鏡に映ったそれは、ベーシックタイプのすっきりしたデザインで、けれど見るからに重厚で、確かな存在感があり、褐色のボディの表半分には、ステンレスのプレートが打ち付けられてある。イツオは格好だけで、すっかりミュージシャンにでもなったような気になり、ジーンズのコインポケットからピックを取り出すと、ボン、と鏡に向かって弦をはじいた。

「ツオちゃん、バンドでもやんのー?」

「え? まだそんなレベルじゃないよ」

「前から買おうって思ってたん？」

「いや。見た瞬間、ベースでもやろっかな、って思った」

イッオはそう言いながら、膝を曲げたりベースギターのヘッドを高く上げたりした。

「でもさ、ギターケース持ってるやつって、今までにたくさん見たことあったけど、まさか自分も持つようになるなんて思ってなかったから、さっきこれ持って電車に乗ってたら、なんかすげー不思議な感じがした。買ったばっかなのに、オレも音楽やってるやつに見られちゃってんのかな、とか思って」

サワは少しのあいだ考えてから、筆先をイッオのほうに向けた。

「そーゆうのやったら、サワもわかるで。はじめて木炭紙大のカルトンとか、カートとか持ったときの感じやん？」

「まあね」とイッオは答え、ボボボン、とベースギターを鳴らした。サワは筆先をそっとカンヴァスに当てた。部屋の静物画で、実際にあるものと同じに、赤や黄色やオレンジ色をふんだんに使っていた。

「でもツオちゃん、それどんくらい弾けんの？」

「どんくらいも何も、全然だよ」

「へえ……ほな、これから全部はじめるんだー？」

「そうだよ。だってさー、弦が四本しかないから簡単そうじゃん。それに高校のとき、バンドやってるやつに聞いたことあるんだよね。ベースだったら、わりかしすぐに弾けるようになるって」

「でもさあ、簡単そうなもんほど難しいって言うやん。なめたらあかんでー、ってうちのおかーちゃんなら言うやろな」サワはそう言って、「てゆーかさあ」とすぐにまた声をあげた。「ツオちゃん結局、できへんくって、やーめた、って感じになるんちゃうん？」

「ならねーよ」

「だってツオちゃん、これからはサワんちに泊まったとき、毎朝ランニングするとかゆーてたけど、一回もしてないやん。それに、これからは囲碁だよなあ、とかゆって、せっかく囲碁セット買ったのに、五目並べしただけで終わったやーん。これどーゆうことなん？」

サワはそう言って、顔をカンヴァスから離し、描きかけの絵をにらみつけるように眺めた。イッオは思い出したように、ベースギターをマットレスの上に下ろし、トートバッグの中から一冊の本を取り出した。

「でもほら、これ見るとわかるんだけど、ベースの楽譜って、ネックのところとまるで同じでさ、要するに、図のとおりに弦をはじけばいいらしいんだよな」

イッオはベースギターの基礎知識と楽譜が載った本、『ベース入門』をサワに手渡した。サワは本を受け取ると、筆を片手に持ったままページをめくった。

「ふーん、そーやね……これやったら、サワにもできるかも。サワ、エレクトーンやってたことあるから、きっと、ツオちゃんよりも上手やで。ちょっと貸してみー」

「だーめ」

子供みたいに言って、イッオは本を取り返し、楽譜が載っているページにしっかりと癖をつけると、背中をまるめてベースギターをたどたどしく弾き始めた。ボボボボ、ボボボン。ボボボボ、ボボボン。押さえるところがひとつふたつ違うだけで、あとは同じような音とリズムの繰り返しだった。それが正しいのかどうかもよくわからなかったが、一曲くらい、すぐに弾けるようになるかもな、とイッオは思った。

「なあツオちゃん、それってちょっとリズムおかしいんちゃう？」

「え？　どこが？」

「ふつうロックとかってー、四分の四拍子やん？　ツオちゃんのって一小節の中に、おたまじゃくしが収まってなかったり、少なかったりしてると思うわー」

「……そーかな？」

「そーやで。たぶんベースって、メロディがないぶんだけリズムがいちばん大事なんやで。サワが拍子をとったるから、あわせてやってみー」

サワは汚れていない筆を手にすると、「いくでー」と言って、木製のパレットを叩《たた》き始めた。イッオはすぐに手を動かした。ボボボボ、ボボボン。ボボボボ、ボボボン。

「ほらあ、全然へんやん！　イチ、ニイ、サン、シイ、イチ、ニイ、サン、シイ、ってサワが叩いてんのと、ぴったしあってないとあかんやん。もう一回いくでー。せーのっ！」

イッオは意識を集中させた。ボボボボ、ボボボン。ボボボボ、ボボボン。言われたとおりに手を動かしているつもりだったが、何度やっても「あってないやん」とサワに言われ、イッオは体が少しずつ熱くなるのを感じた。自分でも途中から、サワが打ち鳴らすリズムと、ピックを振り下ろすタイミングがずれてくるのがわかり、うわ、オレってこんなやつだったっけ？　と思った。サワはいつのまにか手を止め、けらけら笑いだしていた。

「もうツオちゃん、なんでそんなこともできへんのー？　そんなでっかい楽器やめて、カスタネットからはじめたほうがいいーんちゃうん？　才能ないでー」

「うっせんだよ」

「あーあ。サワはもうしーらないっと。サワは忙しいんやもん」

「だいたいさ、なんだっていいんだよ。サワはわかってねーんだよ。こーゆうのは、オレが楽しけりゃーそれでいいじゃん」

サワは黙々と筆を動かしていた。イツオは腰を小さくバウンドさせ、炬燵《こたつ》まで移動して足を突っ込むと、でたらめに弦をはじいた。


ボボボボ、ボボボン。ボボボボ、ボボボン。

ボボボボ、ボボボン。ボボボボ、ボボボン。


それから数時間後、炬燵のテーブルの上には、黄色と赤色とショッキングピンクが皿に盛られて並んでいた。黄色はイエローパプリカとかぼちゃの入った洋風茶碗蒸《ちゃわんむ》し。赤色はボウルいっぱいのプチトマトにパセリの微塵《みじん》切りをあえた簡単サラダ。そしてショッキングピンクは、ソースもパスタもまぶしいくらいに鮮やかなピンク色の、絵の具を溶かしてつくったようなスパゲティだ。見事なまでにピンク色だった。

「……何これ?」

イツオはテーブルに顔を近付け、反射的に匂《にお》いを嗅《か》いだ。よく見ると、そのどろりとしたソースの中には、小さな固形物がぷちぷちと混ざっていた。

「ビーツとリコッタチーズのパスタやで。めっちゃすごいでしょー？　ピンクはビーツの色でー、ビーツは缶詰なんやけどー、ロシアの赤かぶなんやって」

「ロシアの赤かぶ？」

「うん。それがチーズとあわさってショッキングピンクになんの。でも食べたらわかるけど、チーズの味のほうが強いで。そのちょっと分離してんのがリコッタチーズ。サワ、前からずーっとつくってみたいって思っててー、そんでせっかくやから、ほかのも色のあるのにしてんやん。三色そろって、めっちゃきれいやと思わん？」

「うん……きれいはきれいだけど」

　イツオはそう言って、視線をおろすと、フォークでショッキングピンクのパスタを持ち上げて、おそるおそる口の中に入れた。確かに、見ためほど味にははっきりしたものはなく、舌に残るのはさっぱりしたチーズの味だったが、サワの部屋やサワの描く絵と同様に、プラスチックのおもちゃのように感じられ、食欲そのものが失われるような気がした。サワはパスタを口に入れると、「んまあ！」と目を見開いて言った。

「……あのさ、今日に限って、なんでこんな料理つくろうって思ったわけ？」

「だって、きれいな色を食べたら、きれいな色が体の中に染《し》みこんできて、めっちゃいい絵が描けそうやん」

イツオは瞬《まばた》きして、「はあ、なるほどね」と疲れたように言った。

「そんで、ツオちゃんは明日から何すんの？　ほんまにしばらく、サワんちきーへんの？」

「来ないよ。試験の結果が出て、まあ、どうなるかわかんないけど、とにかく終わったらまたくるよ」

「じゃあ、今度会うときは、ふたりとも大学生になってんねんやん」

サワはそう言って、パスタをフォークにゆっくりと巻きつけた。イツオはその一方にある最悪の結果と、二人のどちらかだけが受かったり落ちたりするかもしれないことをふと考え、「さあ、どうだろ？」と言った。「まあでも、とりあえず、今日と明日は泊まっていくよ」

「じゃあ、明日の夕方、荻窪《おぎくぼ》にある健康ランド行こうよ」

「……健康ランド？」

「うん。電車から見えるやーん。サワ、ずーっと行ってみたいって思っててん。そんでー、帰りに四丁目カフェに寄ってー、アプリコットソーダ飲んでー、ピザとか食べようっかなあ」

「あのさ」とイツオは言った。「別に行ってもいいけど、まだ寒いじゃん。行きはよくっても、帰ってくるときに体がすっかり冷えて、失敗した、って思って終わりだよ。行きはよ
もっと暖かくなってからにしようぜ」

「でもサワ、そんなこと絶対に思わんもん」

「サワが思わなくても、オレが思うの。それに電車に乗ってあっちまで行って、風呂《ふろ》
とかサウナとか入って、また電車に乗って帰ってくんのって、なんか変じゃない？」

「はあ？　なんでー？」

「なんつーかこう、アホくさい、って感じですか？」

「全然アホくさくないやん。じゃあ、歩いてったらいいやーん」

「もっと寒いだろ」

「じゃあさ、じゃあさ、近所のお風呂屋さんだったらいいやん。ＯＫストアの近くに、
お風呂屋さんあるやーん」

「はん？　銭湯に行くってこと？」

「そうやで。あそこからだったら、四丁目カフェもすぐ近くやし、フロントのところ
で待ちあわせもできるようになってるから、湯冷めもせーへんやん」

「あのさ、銭湯に行った帰りに、なんでカフェに行きたいんだよ？　それに、オレや

だよ、ふたりして銭湯に行くのって、なんかビンボくせーよ」

「あれもやだー、これもやだー、ツオちゃん、やだやだ太郎さん？　もうあかんでー。行くって言ったら、絶対に行くんやもん。そんでー、サワはお湯でほてった体をカフェでひと休みさせてー、絶対アプリコットソーダ飲むんやもん！」

サワは強い調子でそう言って、プチトマトを三つ続けて食べた。最後のひとつが口もとで弾け、トマトの果汁がイッオの頬に飛んだ。「そういえばあ」とサワは言った。

「サワがちっちゃいとき、水飴《みずあめ》屋のおっちゃんが自転車に乗ってー、チリーンチリーン、って鈴を鳴らしながら近くの公園に売りに来ててー、だからみんなはチリンチリン飴のおっちゃん、ってゆーてたけどー、サワ、その水飴がめっちゃ好きやった」

果汁が飛んだことを無視して話しているサワの顔を、イッオは横目にぎろりと睨《にら》みつけ、ティッシュで頬を拭《ふ》いた。サワは夢でも見ているようにしゃべり続けていた。

「あんずとかー、すももとかー、みかんとかー、ほかにもいっぱいあって、そんでサワ、いっつもあんずとみかんのミックスにしてもらっててー、おっちゃんが割り箸《ばし》の先に、あんずとみかんをそっと据えるんやんかあ、それから水飴をヘラですーってすくい上げて、水飴が糸みたいに細くなるんやんかあ、そんで割り箸の先に、くるくるくるくる巻きつけるんやんかあ、キランキラン、光ってめっちゃきれいで、透明やから、中のオレンジ色がちょっと透けて見えるんやーん？　わあ、って思ってたらすぐに大きくなって、チリンチリン飴が完成するんやんかあ、そんで最後に、あんずのシロップを霧吹きで、シュッシュッ、って吹きかけるんやで」

　イツオはサワの話を聞きながら、少しずつ食欲がわいてくるのを感じ、赤かぶとチーズのスパゲティを口にした。

「そんで、おっちゃんシロップもっとかけて、ってゆーたらもっとかけてくれて、くるくる巻きついた水飴から、オレンジ色のシロップがこぼれて、サワ、見てるだけで嬉《うれ》しくなってくんの。早くなめたい、って思うんやけど、きれいやからなかなかなめられへんの。口の中だけがめっちゃ酸《す》っぱくなってきて、そんでサワ、絵を描いてるときに、ずーっとチリンチリン飴のことを思い出してて、だからサワ、アプリコットソーダが飲みたい、って思ったんやーん。ツオちゃん、そーゆうのわかるう？」

　イツオはサワから目をそらし、しばらく考えてから、「でもさ」と言った。

「あそこのカフェに、そんなもんあったっけ？」

「たぶん、あるでー」

　サワはそう言って、洋風茶碗蒸しをスプーンですくいあげた。イツオは口に残っていたものを飲み込み、「あるといいけど」とぼそりと言った。

ボボボボ、ボボボボン。ボボボボ、ボボボボン。

ボボボボ、ボボボボン。ボボボボ、ボボボボン。

サワは食器を洗うのはあとまわしにして、すぐにまた絵を描き始めた。イツオは弦のチューニングをしてから、マットレスの上でベースギターを黙々と弾いた。コピーしたいバンドの曲がないわけでもなかったが、今のところ、弾けさえすればなんでもよかった。『ベース入門』に載っているヒット曲のワンフレーズを、イツオは飽きもせず繰り返し、しばらくすると思いついたように、ボン、と手を止めた。

部屋の中は、新品のノートをひろげたときのような静けさに包まれ、サワはカンヴァスから目を離し、イツオはサワの横顔をじっと眺め、そして二人は見つめあった。

「……なあツオちゃん?」

「うん?」

「なんか、甘いもん、食べたくならへん?」

サワはそう言って、筆を持ったまま立ち上がり、台所に行って冷蔵庫を開けた。

「ならへん」とイツオは口真似《くちまね》をして答え、ベースギターと一緒にごろんと寝ころんだ。

人生最良のとき

まず、座布団《ざぶとん》を三枚用意して、部屋の中のどこかに、何も置かれていない角を見付ける。場所が決まったら、座布団の一枚をまるめ込むようにして片手に持ち、残りの二枚で壁をつくっていく。そして最後に、まるめ込むようにして持っていた一枚を、内側からゆっくりと広げて屋根にする。こつは、最後の一枚を載せやすくするためにも、中の広さが座布団の面積よりも小さくなるように、壁を立てていくことだ。

従姉妹《いとこ》の有希江ちゃんが遊びに来ると、僕たちは決まって座布団の家をつくった。僕たちは隣りあわせで家をつくって中に入り、懐中電灯で照らして絵を描いたり、スナック菓子を食べたりした。息苦しくなると、座布団の屋根を開けて空気の入れ換えをし、ときどき隣のようすを窺《うかが》っては、手にしているものを交換しあった。

「ねえ中根くん、おならしたでしょ?」

「え? してないよ」

「嘘《うそ》。さっき音が聞こえたもん」

姉貴や兄貴のことは決してそう呼ばないのに、有希江ちゃんは僕のことを、「中根くん」と呼んでいた。「だって男の子のことは、名字にくんを付けて呼びなさいって学校で習ったもん」というのが彼女のいいぶんで、母親に注意されても、僕のことを下の名前で呼ぼうとはしなかった。僕自身は、名前の呼ばれ方なんてどうでもいいと思っていた。そんなことよりも、彼女との身長差をいつも心配していた。有希江ちゃんは僕と同じ年齢で、僕よりも確実に太っていた。そのうちに身長も追い越されるのかもしれないと思い、会うたびにひやひやしていたが、数センチしかなかった差は少しずつ開きだし、やがて有希江ちゃんと遊ぶこともなくなっていった。

はっきりと、自分ひとりの部屋を持ちたいと思うようになったのは、ちょうどその頃と重なっている。

役所勤めの僕の父親は、金は身となり知となり得ることに遣うものであって、住まいに金をかけることほど馬鹿馬鹿《ばかばか》しいものはないと、頑《かたく》なに考えていた。部屋の狭さについてどんなに不平を述べても、郊外に建てられたマンモス団地から決して離れようとはしなかった。

六畳の部屋がふたつと、四畳半の部屋がひとつ、そしてダイニングテーブルがやっと置けるほどの台所がある間取りのうち、二部屋が三人の子供用として宛《あてが》われていた。ひとつはいちばん上の姉の部屋、ひとつは兄貴と僕の部屋だった。

今でこそ、自分の望んでいたことがどれだけ贅沢《ぜいたく》だったかがわかるけれど、兄貴と六畳を共有することに、僕は何かと不都合を感じていた。歳《とし》の四つ離れた兄貴に部屋での権利を力任せにとられ、ポスター一枚貼《は》るにしても、机の置き場所ひとつにしても、自分の好きなようにできた例《ため》しがなかった。女の子だからとひとり部屋を確保された姉を羨《うらや》み、父親に母親に、僕は思い立ったたび抗議した。

「ねえ、お願いだから、もっと広い家に引っ越してよ」

そうでなければ、「家を買ってよ」と繰り返し言い続けていた。それでも中学を卒業するくらいになると、電池が切れていくみたいにだんだんと、僕はねだりごとを言わなくなった。プライバシーを求める思いは強まるばかりだったけれど、住まいには結構な費用がかかることを、おぼろげながら知り始めていたし、自分の願いが受け入れられることは、この先もきっとないのだと見当をつけた。

働きだしたら、すぐにでも家を出ればいい。いつしかそう考えるようになり、就職するまでのあいだ自宅は、単に寝るだけの場所と割り切ることにした。高校時代は部活動の練習に打ち込み、大学の頃はコンパとアルバイトに明け暮れ、なるべく家にいる時間が少なくなるように、僕は意識的に努めた。

兄貴は部屋を自分の思うままに使っていたわりに、部屋の狭さについて僕以上に文句をぶつぶつ述べていた。だからてっきり、心のうちでは僕と同じような考えを持っているのだろうと思っていたが、専門学校を卒業しても定職に就かず、いつまで経《た》っても家を出ていこうとしなかった。姉貴は姉貴で、とうに勤めに出ていながら、ブランド品と踊りに行くことばかりに金を注ぎ込んで、三十を過ぎても親の世話になっていた。

確かに、彼等にしてみれば、無理をしてまで家を出る必要はないのだろう。郊外といえども東京、どこへ行くにもさほど不便はないし、母親のそばにいれば、食事や洗濯のことを気にかける必要もない。だけど、長男長女の誰かひとりでも家を出ていっていれば、たとえいっときでも、僕は自分だけの部屋を持つことができたのかもしれなかった。ときどき、彼等のおかげで、家にいながら自分の居場所がないと感じることさえあって、独り立ちしようとしない姉貴と兄貴を、いつの頃からか僕は冷めた目で見るようになった。絶対に、こいつらのようにはなるまいと思い、勉強と貯金だけは怠らないようにした。

とにかく、一刻も早く自立したい。そんな思いが面接官にも伝わったのか、僕はそれなりに名のある電器メーカーに、うまい具合に就職が決まった。就職先には、特定のアパートの家賃を半額負担するというやり方の、独身寮があった。僕の貯金はこれから貰《もら》うことになる給料の、二カ月ぶんくらいに達していた。けれどそれくらいの額では、都内に部屋を借りることはできなかった。就職と同時に、手持ちの予算で家から出る方法はひとつしかない。僕は少しばかり迷ったが、入寮を申し込むことにした。

「じゃあ、みなさん、お元気で！」

　社会人一年生となる年の三月、僕はそう言って家族に別れを告げ、友人たちが待つレンタカーに乗り込んだ。日曜日の昼どきで、家族は全員揃《そろ》っていた。母親だけが路上まで見送りに来て、永遠の別れでもないのに涙ぐんでいた。つかのま、僕は心苦しい気分になりはしたものの、車が走りだすと気分はいっぺんした。まるで江ノ島あたりにでも遊びに行くみたいに、ヒットチャートに入っている音楽を爆音で鳴らし、あきれる友人たちを尻目《しりめ》に騒ぎ続けた。

　アパート寮は、工業地帯にある勤務先から二十分ほど歩いたところにあった。軽量鉄骨式の三階建ての建物で、同じ会社の男性社員ばかりが住んでいた。僕は運よく、二階の角部屋へ入ることができた。

　荷物の入った段ボールを運び入れていると、引っ越しに備えて買っておいた冷蔵庫と洗濯機、そして親に就職祝いとして買ってもらったテレビが届いた。入れ違うように東京ガスの人が来てガスの元栓を開け、近所の新聞屋が来てしつこく勧誘をし、アパートの大家が来て引っ越しのようすを見ていった。僕は必要以上に愛想よく彼等に応対し、その合間をぬって、アパート寮の住人たちに挨拶《あいさつ》して回った。気付くと陽がすっかり暮れていて、引っ越しを手伝ってくれた友人たちに、お好み焼きとビールをおごり、それから彼等を国道の入り口まで見送りに行き、ひとりでアパート寮に戻ってくると、僕はようやく、自分の部屋を持つことができたのだと実感した。

まだ馴染《なじ》みのないドアの鍵《かぎ》を慎重に開け、中に入って灯りを点《つ》けると、がらんとした部屋に向かってクラッカーでも鳴らしたい気分になった。六畳の洋間に一畳キッチン、ところどころ傷《いた》み汚れた箇所もあったけれど、この場所がまぎれもない自分の部屋だと思うと、尾骶骨《びていこつ》のあたりがむずむずした。喜びを伝える相手もいないと感じる一抹の淋《さび》しさも、独立したことの現実感をより強くさせ、僕は口笛を吹きながら数少ない荷物の置き場所を決めていった。

僕は会社の仕事を少しずつ覚え、アパート寮の住人たちとも日増しに親しくなった。特に部屋のすぐ上に住んでいる入江さんとは、社内での部署が隣り合わせだということもあって、ときには近所の小料理屋へ飲みに行くこともあった。

「そういえば中根って、何か運動やってた？」

「中学と高校のときに、陸上をやってましたよ。前にも言ったじゃないですか」

「じゃあおまえも、会社の野球部に入れよ……いいよう、野球は」

入江さんは酒が深まると、決まってそう言った。仕事のこつを伝授してもらったり、旨《うま》い定食屋を教えてもらったり、入江さんには日頃からよくしてもらうことが多かった。けれどそれはそれ、これはこれで、休みの日まで朝早くから集まって、会社の連中と顔をあわせてスポーツをやりたいと僕は思わなかった。一日のほとんどを社内で過ごし、毎日同じ顔ぶれで仕事をしているというのに、どうして土曜、日曜日まで、同僚や上司たちと会う気になれるのだろう？　それにバッティングセンターでさえ高校のとき以来行っていない。僕は適当ないいわけをつけて、入江さんからいくら誘われても断り続けていた。

仕事よりも野球よりも僕は、自分の部屋を築きあげることに興味があった。ある月は電話機を、ある月はベッドを、ある月はマガジンラックや壁掛け時計を買い、そうして少しずつ家具や電化製品を揃えていった。好みにあった生活用具を揃え、部屋を部屋らしくしていくことが楽しくて仕方なかった。休みの日には必ず朝から掃除をし、昼過ぎには都心まで部屋に似合いそうな雑貨を探しにいった。

働きだしてから一年ほどで、何不自由ない、そして自分のイメージにあった部屋が完成した。すべてが完璧《かんぺき》で、すべてが自分なりの法則に基づいていた。僕が特にこだわったのは材質感のバランスだ。木製のものや強化パルプでつくられたものを中心に、ところどころステンレス製のものを配置するようにした。色はチャコールグレイか生成りで統一し、天井から吊《つる》したワット数の低い電球が、そうしたすべてのものをオレンジ色にうっすらと染めていた。会社から帰ると、僕はベッドの上に体を横たえ、缶ビールを飲みながら、飽きることなく部屋の中を見回した。

テレビのリモコンひとつにしても、ゴミ箱の置き場所ひとつにしても、自分以外の誰かにいじられるのは嫌だったから、友人や会社の同僚たちを部屋に入れることはほとんどなかった。前々から遊びに行きたいと言っていた有希江ちゃんでさえ、別の意味でも、部屋に招くまでには時間がかかった。

有希江ちゃんとは、中学高校の頃は年賀状を出しあうくらいのつきあいでしかなかったが、僕が大学へ入り、有希江ちゃんが化粧品会社で働き始めた頃から、パソコンでときどきメール交換をするようになった。そのうちに有希江ちゃんは、会社を一年足らずで辞め、ホステスまがいの仕事を転々とするようになった。強く誘われ、彼女が勤める店に飲みにいったのがはじまりで、僕たちは年に三度くらい、互いの仲間を交えて酒を飲むようになった。そして急激に、僕と有希江ちゃんは顔をあわせることが多くなった。アパート寮に住み始めてから半年ほど過ぎた頃、彼女がふたつ隣の駅へ引っ越してきたからだ。有希江ちゃんは僕と会うたびに、

「中根くんの部屋に行ってみたい」

と決まり文句のように言っていた。だけど僕は、相手が従姉妹だからこそ気をまわしすぎ、出入りするところをアパート寮の住人に目撃され、間違った噂《うわさ》をたてられても困ると思っていた。

それでもある晩、何週間ぶりかで一緒に飲んだ帰り道、頭がくらくらするほどしつこく言われ、根負けして僕は、有希江ちゃんを部屋まで連れてきた。

「……ふーん……中根くんたら、結構きれいにしてるじゃないの……やっぱりあれ？掃除してくれる女の子でもいるの？」

部屋の中に入ると有希江ちゃんはそう言って、まるめていた背中を伸ばした。誰にも見られることのないように、背を低くしてほしいと僕が頼んでいたのだ。

「いないよ、そんなの。意外な感じする？」

僕はやかんを火にかけ、カップヌードルのビニルを破りとった。有希江ちゃんは自分の部屋にでもいるみたいに、ベッドの上で腹這《はらば》いになり、両手で頬杖《ほおづえ》をついていた。

「そうねえ……中根くんらしいといえば、中根くんらしい感じするけど、物を詰め込みすぎじゃない？　がらくたをたくさん集める犬みたい」

「少しくらいごちゃごちゃしているほうがいいんだよ。わかんないかなあ、こーゆうの」

「でも、今度引っ越すときがたいへんだよ。これだけ荷物があると」

そう言いながら、有希江ちゃんは勝手にトイレに入り、水を流す音をさせて出てくると、またベッドの上にどすんと寝転んだ。僕はカップヌードルに湯を注ぎ、ロフトで買ったローテーブルの前に坐《すわ》った。

「大丈夫だよ。ずっとここに住む予定でいるから」

「ずっとー？　定年になるまでいるつもり？」

「さあ、どうだろ……でも今のところ、この部屋はすごい気にいってるんだ」

「ねえよかったら、あたしと一緒に住まない？　家賃が半分で済むじゃない」

有希江ちゃんは僕の実家くらいの広さがあるマンションに、ひとりで住んでいた。家賃の支払いに困るくらいなら、もっと安い部屋に住めばいいのに、と僕は思った。

「そんなことしたらさ、お互いに彼氏も彼女もできなくなるよ」

「そーかなあ？」

「そーだよ。それより、今の店はどうなわけ？　癒《いや》し系のキャバクラだっけ？」

「ねえ聞いてよ。あたしったら、今の店にはまっちゃった。うん、うん、それで？

って神妙な顔をして話を聞いてればいいんだもん。今までと比べたら天と地の差よ」

「しっ！　声が大きいよ」

「みんな寝てるでしょ、こんな時間なら。気にしすぎだよ」

有希江ちゃんは体を起こし、ベッドの上で横坐りになった。八分丈のベージュのパンツが腿《もも》にぴたりと張り付いていた。

「……相変わらず太ってるよなあ」

「ぽっちゃり、って言ってよね。ほら、三分経ったよ」

僕は割り箸《ばし》を割り、ふたを開けて麺《めん》をかき混ぜた。酒を飲むと、ラーメンが異様に食べたくなることをあらためて不思議に思いながら、僕はひとくち食べ、「本当にいらないの？」と有希江ちゃんを横目に見て尋ねた。

「うん、一応、ダイエット中だから……でも、ちょっとだけ食べちゃおっかなー」

結局、そのちょっとが何度も繰り返され、有希江ちゃんは僕のカップヌードルを半分以上食べた。スープもふたりで分けあい、最後の一滴まで飲み終えると、有希江ちゃんは水をコップ一杯飲み、「さてと」と言って、のそりと立ち上がった。

「あたし、そろそろ帰る。また来るね」

食べものがなくなった途端に帰ろうとするところは、幼い頃と少しも変わらない。僕は有希江ちゃんを駅まで見送り、部屋に戻ってくると、彼女が場所を変えた枕《まくら》をもとどおりに直した。


やっと手にした自分の空間は、想像していた以上に居心地がよく、時が経つほど、僕は部屋で過ごす時間を大切に思うようになった。毎朝、名残惜しい気持ちでドアの鍵を閉め、仕事が終わると毎晩、すぐに部屋に戻ってきた。

誰とも会わず、何も考えず、ひとりで好きな音楽を聴いたり本を読んだりしていると、しんしんと降り積もる雪を見ているみたいに気持ちが安らいだ。自分が何者でもなくなって、部屋と少しずつ同化していくようにも感じられ、一分一秒でもそうした時間の中にいたくて、僕はいつも夜遅くまで起きていた。

そしてある朝、僕は入社二年と六カ月目にして初めて寝過ごしてしまった。無意識のうちに、セットした目覚まし時計を止めていたらしく、気付いたとき時計は、始業十分前を指していた。僕はベッドから飛び出して電話を摑《つか》み取ると、部署の直通ダイヤルを回し、少し具合が悪いので、病院に寄ってから行きますと、咄嗟《とっさ》に嘘《うそ》をついた。勤め人に寝坊などあってはならないことだと思っていた。

大急ぎでワイシャツの釦《ボタン》を留め、靴下とスラックスに足をとおし、髭《ひげ》を剃《そ》るべきか歯を磨くべきか、何を優先すればいいのかわからなくなって、とりあえず、冷たい水で顔を洗うと、僕はようやく、思い出したように、何もあわてる必要はないことに気付いた。病院へ行くとしたら、優に三時間はかかる。会社へは昼近くにでも行けばいい。歯を磨きながらそんなことを思い、口をすすぎ終わった頃には、すっかり居直っていた。

そうと決めてからは、部屋のカーテンを全開にし、いつもは牛乳とトーストだけで済ませる朝食に、目玉焼きとコーヒーを加え、僕はローテーブルの前に着いた。窓の外には煉瓦《れんが》張りのマンションが見え、その上には吸い込まれそうなくらい透明の青空が見えた。手前にある電線には、何羽かのスズメが留まり、気まぐれに羽を動かしては、近くにある木の枝へ行き来していた。朝の日差しがいつもよりも広範囲に床を照らし、部屋中に淡いコントラストを生みだしていた。僕は上体を伸ばして窓を開けた。やわらかな風が舞い込み、ペンシルストライプ柄のカーテンがふわりと揺れ、ローテーブルの上にある朝刊がカサカサと音をたてた。

普段と一時間くらいしか違わないのに、普段とは確実に何かが違っていた。とても静かで、ひどくおだやかだった。毎朝、決まって天井から伝わってくる入江さんの足音も、隣の住人が鳴らすFMラジオの音も聞こえてこない。フォークが皿にぶつかる音と、ときどき遠くに響くバイクのエンジン音以外は、物音ひとつせず、今現在、アパート寮の中には自分ひとりしかいないのだと、はっきりと感じることができた。

僕は朝食を食べ終えると、コーヒーをもう一杯入れ、床に寝転んで新聞をゆっくりとめくっていった。


——中根くん、どーしたの？　風邪？　会社に電話したら休んでるって聞いたけど。

「風邪もひいてないし、腹も痛くないし、どこも悪くないよ」

——はーん？　もしかしてずる休みー？　だって、今日で二日目なんでしょ？

「有休を全然消化してなかったから、たまにはいいんだよ……それより何？」

——お客さんに映画のフリーチケットを貰ったから、どうかと思ったんだけど、行く？　あさってまでなの。中根くんが観《み》たいのでいいよ。

「うーん……悪いけど、今回は遠慮しとくよ。少しゆっくりしたいんだ」

──またまたー、中根くんたら最近そんなことばっか言っちゃってるけど、ひとりで何やってるわけ？　老人じゃあるまいし、たまには出掛けないと体に悪いよ。

「うん、わかってる」

笑いながら返事して、僕は有希江ちゃんからの電話を切った。会社には高熱が出たと言って連絡を入れ、部屋で好きなことをして過ごしていた。

もし、世間一般的、常識的な考えというものがあるとするなら、僕のそれがおかしくなったらしい。長いあいだ残業が続き、日曜日ともゴールデンウィークとも違うおだやかな朝を、もう一度過ごしてみたくなった。

僕は思いつくまま会社を一日休み、ずるずるとなだれ込むように三日間休み、ひさしぶりに出勤してからは、嫌でも具合の悪いふりをしないわけにいかないはめになった。上司や同僚たちに大丈夫かと声をかけられるたびに、胃のあたりがずんと重くなるのを感じ、ずる休みなんてやるもんじゃない、もう二度とやるまいと思った。だけど、そうした気持ちも仕事の忙しさでいつのまにか消え失《う》せ、三日間のずる休みから一カ月と経《た》たないうちに、僕は会社を無断欠勤するようになってしまった。

朝、いつもの時間に部屋を出ようとしたとき、今日も一日いつもと変わりなく会社で働き、自分の時間がたくさん削られてしまうのかと、ドアノブに手をかけながら思った。僕は自分の生活のために働いているというのに、生活を楽しむ時間のほうが少なくなってしまうのは、いったい、どういうことなのだろう？　と今さらながらこの現実を不思議に思った。

まったく本当に、日本人は働き過ぎだとか、ヨーロッパ人みたいにもっとバケーションするべきだとか、金ばかり稼ぐ人生なんて嫌だとか、日頃から考えていたことが、どっと頭に湧《わ》きあがった。そして僕は、やっぱり自分みたいなやつは会社に入らず、一生アルバイトでもしているべきなのだろうと思い、駄目だ駄目だ、とすぐに打ち消し、今はそんなことを考えている時間はないのだと、胸のうちで自分に言い聞かせた。だけど、目には見えない大きな力に流されていくみたいに、仕事への意欲が低下し、僕は玄関に立ったままドアを開けられずにいた。

もっと自分の時間がほしい。仕事なんかどうでもいい。ずっとずっとこの部屋にいたい。そうした言葉で頭の中がいっぱいになった。今にも這いつくばろうとするくらいに、体中が部屋にとどまることを求めていた。部屋の外側にある世界が、心の底からちっぽけでくだらないもののように感じられ、外側にではなく、内側へと入ったところに自分の世界があるように思え、僕は気の済むまで、自分のための自分だけの時間を過ごしてみたくなった。それは難しいことのようでいて、とてつもなく簡単なことのように思えた。二十五歳の自分にしてみれば、リスクはゴマ粒くらいに小さい。右手を挙げるか、左手を挙げるか、その程度のことでしかないのだと思った。

僕はドアとは反対のほうへ向き直り、着ていたスーツを脱ぎ、部屋着に着替えると、電話のジャックを引き抜いた。やってしまうと、ボールがころころ回りながらふくらんでいくような感触が、胸の内側に広がっていった。後々かなりまずいことになるのは承知の上で、誰にも邪魔されない、自分ひとりの生活を、僕は始めることにした。

まずは食料の買いだしに出掛けた。部屋に閉じこもるにしても、食べものがなければ長くは続かない。何度かスーパーとアパート寮を往復し、食材とドリンク類を冷蔵庫の中に詰め込めるだけ詰め込んでしまうと、僕は部屋をくまなく掃除していった。いつも以上にピカピカにしてからステレオコンポのスイッチを入れ、ボリュームを小さくして音楽を流すと、部屋の中をあらためて見回した。

買い集めたすべてのものが、僕をやさしく受け入れているようだった。ひとつひとつが呼吸をし、感情を持ち、自分のすべてを理解しているように思えた。僕は気持ちが急に浮かれだし、冷蔵庫から缶ビールを取り出して、ベッドの側面に寄りかかるようにして坐った。ビールを一缶飲んだだけで、いまだかつて味わったことのない高揚

感に包まれ、

「自堕落バンザイ！」

「毎日がずる休み！」

「人生最良のとき！」

とプルトップを引っぱるたびにひとりで言って、ビールを続けざまに飲んだ。空き缶が溜まると、ローテーブルの上でタワーをこさえ、崩れては積み直すことを繰り返した。

何かをはじめようとするときは、いつも楽しい。はじまりは、いっときのことでしかないからこそ楽しい。会社を無断欠勤し始めてから二日目の夜、その貴重な時間を中断され、僕は入江さんに対して憎しみさえ抱きそうになった。

「どうしたんだよ？　連絡がないって、課長がオレのところにまで言いに来たぞ」

チャイムをけたたましく鳴らされてドアを開けると、入江さんは僕の顔を見て言った。入江さんは仕立てたようなきっちりとしたスーツを着込み、手には黒い鞄《かばん》を持っていた。髪は短く刈り込まれ、血色のいい額が脂汗《あぶらあせ》で光っていた。僕は部屋の外へ強引に引きずり出されたような気がして、「いや、もういいんです」と自分でも思いがけず、強い調子で言ってドアを閉め、すぐさま鍵をかけた。

「おい、中根！　何がいいんだよ？　ガキじゃないんだから、会社に電話くらいしろよ。おい、聞いてんのかよ？」

入江さんはドアの向こう側で、とにかく会社へ連絡をいれろとしきりに繰り返していた。僕はベッドの上で俯《うつぶ》せになり、聞こえないふりをずっと決めこんでいた。

「……クビになっても知らねーからな」

入江さんは吐き捨てるようにそう言うと、ドアを一度だけ強く叩《たた》き、三階に上がっていった。天井に響く足音に、僕はしばらくのあいだ耳をすましていた。今さら会社に電話して、いいわけするような気分にはなれなかった。

翌日から僕は、ラックに並んだCDを、左端から順々にかけ、漫画や小説を読み直し、ビデオテープを手当たり次第に見直していった。娯楽類に飽きると身動きひとつせず、気のすむまでぼんやりとした時間を過ごし、創作意欲にかられると料理をつくったり、パソコンに画像を取り込んで、グラフィックデザインまがいのことをしたりした。それに写真の整理にテレビゲームに雑誌のクロスワード、部屋の模様替えに靴磨きに新聞のテレビ欄チェック、時間は足りないくらいだった。

僕は毎日きちんと掃除機をかけ、風呂《ふろ》も欠かさず入り、身だしなみを整えることも忘れなかった。体をとろけるくらい弛緩《しかん》させ、朝昼晩の地球時間をまったく無視するような生活に憧《あこが》れていたわけではなかった。自分にも部屋にも最低限の緊張感は保たせ、僕は食べたいぶんだけ食べ、出したいだけ出し、射精したいときは射精し、眠くなると眠った。

食欲に、排泄《はいせつ》欲に、性欲に、睡眠欲、小さな箱の中で何日も過ごしていると、体には求めずにはいられないことが確実にあって、生活の中心が、だんだんとそればかりになっていくのがわかる。やがて僕は、体を動かしたくなっている自分に気付き、なるほど、行動欲というものもあるのだと知った。体がずっしりと重く感じられるくらい、ひどく疲れたい。そんな思いすらふつふつと湧き起こってくる。僕はさっそく、ローテーブルを脇《わき》にずらして腕立て伏せをし、腹筋と背筋を鍛え、足腰のスクワット運動を繰り返し、汗をかくと窓を全開にして風に当たった。ときどき、隣の住人が飼っている猫がベランダ伝いにやってきて、僕は飽きることなくそのやわらかな毛を撫《な》でた。

部屋にはすべてのものが揃《そろ》っているようでいて、たくさんのものが欠けていた。息苦しくなるほど部屋の狭さが感じられ、ひとりでイライラしてしまうこともあったけれど、何がいいのか自分でも不思議に思うくらい、密封されたその状態に、幸福感と懐《なつ》かしさを感じていた。僕はそうした中で家族のことを思い出し、死んだ祖父のことを思い出し、友人たちや何人かの女の子のことを思い出し、記憶の中で笑ったり悲しんだりした。ある晩には耐えられないほどの寂寥感《せきりょうかん》にとらえられ、何週間ぶりかで電話のコードを繋《つな》ぎ、有希江ちゃんに電話をかけた。

——まあ、山あり谷あり、人生いろいろ島倉千代子だから、そんなこともあるわーねえ。

正直にすべてのことを話すと、有希江ちゃんはのんきにそう言って、早々に話題を切り替え、自分が働いている店のいざこざについて語り始めた。そんなことにはまったく興味はなかったけれど、ひさしぶりに聞く有希江ちゃんの声は耳に心地よく、うん、うん、と僕は相槌《あいづち》を打ちながら話を聞いた。

入江さんは二日置きくらいにやって来て、とにかく会社に連絡をいれろとドア越しに言い続けていた。僕は相手にせず、行動欲の次にやってきた衝動、発声欲にかられ、いまだに忘れないでいる校歌や古い歌謡曲を、毎日のように歌って過ごしていた。ときには腹の底から大声を出したくなって、風呂に入ったときに湯の中に顔を突っ込んで、大きなあぶくのかたまりをいくつもつくりだした。

そうして僕は、ゆっくりと確実に、何を求めていたのかわからなくなっていった。ひとりでいることの楽しさをうまく体感できなくなり、アパートをそっと抜け出して、近くの本屋へ雑誌の立ち読みに行ったり、公園へぶらぶら散歩に行ったりした。

　町にはたくさんの人が歩いていた。騒音や、鮮やかな色や、笑い声や、食べものの匂《にお》いや、やわらかな風が、圧倒されるほどたくさんあふれていた。それらは映画のワンシーンのように僕の中に入り込み、家に帰ってまたひとりになると、ふとした瞬間に頭によみがえった。

　いったい、自分は何をしてるのだろう？　僕はそのたびに疑問に思い、脳味噌《のうみそ》が腐っていくようにも感じられ、コンコン、と頭を叩いては、自分の頭蓋骨《ずがいこつ》に触れた。男は三十歳を過ぎると頭蓋骨が割れ、いくぶん頭が大きくなるのだと、いつだったか有希江ちゃんに言われたことがあった。嘘《うそ》かもしれないけれど、おじさん達は平均的に頭が大きいような気もするから、もしかしたら本当なのかもしれない。僕はいくつかに分かれている頭蓋骨の溝を探しだし、引っ掛けるようにして指で押し、割れるなら、さっさと割れてしまえばいいのにと思った。

　どれくらいの時間が経過したのか、自分ではその感覚がわからなくなっていた。ある日の昼間、会社の総務部の人が部屋までやってきて、とるべき手続きをしてもらわなければ困りますと、僕は遠回しに解雇宣告された。動揺と奇妙な達成感の入り交じる中、その晩には退職届けを書き、お詫《わ》びの言葉を一筆添え、部署の上司宛《あて》に送った。

数日後、油紙のような書類が速達で届き、署名と判をして送り返すと、僕は会社を辞めたことになっていた。

すべてのことが一瞬だったようにも、一生くらいの長さがあったようにも思えた。僕は頭の整理がつけられないまま、入江さんと肩を並べ、木製のカウンター席に坐《すわ》った。棚の上のテレビは、バラエティ番組を映していた。スタジオの歓声をさえぎるように、入江さんがはじめに口にした言葉は、「白い」だった。顔色のことらしいのだが、自分では意外に思い、「そうですか？」と僕は言って、入江さんのグラスにビールを注いだ。

もう最後だからと言われ、僕はひさしぶりで近所の小料理屋に連れてこられた。入江さんは僕との別れを惜しむよりも、どうしてこんなことになってしまったのか、ということを知りたがっているようだった。僕は首をかしげて考えてみたが、

「とにかく、しばらくのあいだ、ひとりになりたかったんですよ」

と曖昧《あいまい》な返事しかできなかった。入江さんは、「今でも？」とつきだしを口にしながら言った。

「……そうだったら、ここにはいないですよ」

僕は狭い店内を見回しながら答えた。入江さんは納得したような納得しなかったような顔で黙り込み、キリンのマークが入ったグラスを空にすると、ふん、と鼻から息をもらし、

「やっぱ中根もさ、野球をやってりゃーよかったんだよ」

と言った。僕は意味するところがよくわからなかったけれど、「そうですね」と答え、入江さんのグラスと自分のグラスにビールを注いだ。金色の液体の上に浮かんだまっしろな泡を、僕はしばらくのあいだ眺めていた。

翌日、引っ越しの最終準備に取りかかった。会社の規約上、僕はアパート寮を出て行かなければならなかった。有希江ちゃんがマンションの部屋をひとつ提供すると言ってくれたが、僕は実家に帰ることに決めていた。実家の部屋にはまだ兄貴が居座り、荷物をほかに置くような場所もなかったから、大きな生活用具は売ったり譲ったりして、前日までにすべて処分していた。残った荷物は、アパート寮に来たときと同じくらいの数の段ボール箱に納め、入りきらないものがあると、すぐさまゴミ袋の中に入れた。

「やっほう!」

配送会社の人に荷物を引き渡した夕方過ぎ、有希江ちゃんが訪ねてきた。彼女は髪型と化粧を見合い写真でも撮るみたいにばっちり決め、光沢のある白いブラウスに、裾《すそ》にフリルが付いた紺色のスカートを身に着けていた。仕事着だとすぐにわかったけれど、体型のせいもあるのか、ピアノの演奏会でもする人みたいに見えた。

「突然、どうしたの？」

僕はゴミ袋の口を結ぼうとしていた手を止めて立ち上がった。

「あたし？　明日って仕事が休みだから、手伝おうと思って、それを言いに来たんだけど……あれー？　引っ越しって今日だったっけ？」

有希江ちゃんはそう言って、処分するものだけが残った部屋の中を不思議そうに見回した。

「そうだよ。明日はこの部屋を出なきゃならない最後の日……有希江ちゃん、勘違いしてるよ。あとは掃除をするだけ」

「あっそう……じゃあ、明日の朝から掃除しなよ。店が退《ひ》けたらすぐに来てあげる」

「いいよ。自分でやるよ」

「またまたー、ぶってる場合じゃないでしょ」

「いや、本当に。それにもう、今からはじめるつもりでいるから」

「ちょっと何これー？　捨てちゃうの？　ね、貰《もら》ってもいい？」

有希江ちゃんは僕の言葉を押しのけるように言いながら、半透明のゴミ袋の中に入っているものを漁《あさ》りだした。「いいよ」と僕は返事して、買っておいた掃除用洗剤を、流し台の上にひろげていった。

「わお！　もう行かなくっちゃ。ねっ、じゃあどうする？　帰る前にちょっくら食事でもしようよ。明日、あたし休みだからさ。中根くん掃除終わったら、今日はあたしんちでゆっくりしなよ。ね？　あたしは朝の七時くらいには帰るから、入れ違いに寝ればいいでしょ？」

「え？　ちょっと待ってよ」

「じゃあこれ、部屋の鍵《かぎ》」

有希江ちゃんはそう言って、キーホルダーを僕に投げつけ、荷物の入ったゴミ袋をサンタクロースみたいに抱えて部屋から出ていった。その後ろ姿が可笑《おか》しくて僕は笑い、マスコットがたくさん付いたキーホルダーを、ズボンの前ポケットにしまうと、まだ五つも六つもあるゴミ袋を部屋の隅に寄せていった。

三年近く世話になった部屋だ、徹底的にやってやろうと思い、まずは壁という壁を雑巾《ぞうきん》で拭《ふ》いていった。汚れの目立つところは、マジックリンと消しゴムを使い、手の届かないところは棒の付いたクリーナーを使った。すべての壁を拭き終えると、エアコンのフィルターを掃除し、新聞を使ってガラス窓を磨き、雨戸の裏面もしっかりと雑巾掛けして、網戸の汚れは専用洗剤で落としていった。

ペンダントライトは僕が買ったものだけど、次の入居者に提供しようと思い、笠部《かさ》分の埃《ほこり》を丁寧に拭きとり、電球を新しいものに取り替えた。換気扇は分解して隅々まで油を落とし、台所のステンレス部分は研磨剤を使い、ピカピカになるまで磨いていった。

雑巾を洗って干し、外に出て夕飯を済ませ、部屋にすぐに戻ってくると、ズボンを膝上《ひざうえ》まで捲《まく》りあげ、フローリングの床を水拭きし、ワックスをかけ、雑巾を取り替え、忘れないうちにクローゼットの中も軽く水拭きした。

トイレの便器は外側まで磨き、タンクの中には固形漂白剤を入れ、玄関に移ってドアと靴箱をきれいにしてから、風呂掃除を始めた。排水溝もふたを取って手の届く限り掃除し、タイルの目地は歯ブラシを使って丹念に汚れを落としていった。最後にカビキラーを振りかけ、すすぎを充分にして風呂場から出てくると、僕は四つんばいになり、もう一度床を乾拭《からぶ》きした。

すべて終わったときには、窓の外が明るくなっていた。腰のあたりがひどく重くなり、埃と洗剤にやられたのか、喉《のど》が痛かった。考えることもできないくらい疲れ果て、僕は体を横たわらせ、目だけ動かして、部屋の中を見回した。心なしか広くなったように感じられ、納得のいく仕上がりではあったけれど、水のないプールの中でたたずんでいるような気がした。空虚で、硬質で、無機的で、まっしろだ。

僕は体をゆっくりと起こすと、眠ってしまわないうちにゴミ袋を運んでしまうことにした。ゴミ捨て場はアパート寮から十メートルとないところにあり、朝のひんやりとした空気の中、少し無理していくつかのゴミ袋を運んでいった。

「ちょっと中根くんたら、やっぱりここにいたっ！」

捲り上げていたシャツの袖《そで》を下ろしていると、有希江ちゃんが突然ドアを開けて顔を出した。僕は驚き、「また来たの!?」と声を大きくして言った。

「部屋にいると思ったらいないんだもん。あたし、中根くんに鍵を預けたでしょう？中に入れないし、まさかと思ってここまで来ちゃったわよ。まったくもう」

有希江ちゃんはそう言って、すっかり片付いた部屋の中に上がり込んできた。夕方に会ったときよりも顔が黒ずんでおり、手にはまだ大きなゴミ袋を持っていた。

「そっか……ごめん」

僕はズボンの前ポケットから鍵を取り出して、有希江ちゃんに差しだした。彼女はふてくされたような顔をして鍵を受け取った。

「だけどさー、電話くらいぎりぎりまで付けといてよね。そんなの引っ越しをするときの常識よ。心配になるよ……寝ないで大丈夫なの？」

「大丈夫だよ。有希江ちゃんこそ、仕事帰りで疲れてるんじゃない？」

「別に。いつもこれくらいの時間だもん。それにきのうは、ヨチヨチ、ってしてあげただけだから」

「……ヨチヨチ？」

「そっ。ときどきいるんだけどさー、四十代五十代で立派なスーツを着てるおじさんで、泣きだしちゃう人がいるの。きのうのお客さんにもそのての人がいて、いつもそうするように、そっと肩を抱いてあげて、ヨチヨチ、って頭を撫でてあげたわけ」

有希江ちゃんは部屋の中を歩きながら、身振り手振りを交えてしゃべった。

「へえ。癒《いや》し系のキャバクラ嬢ってのも、結構たいへんなんだね」

「そうだよ。それでね、あたしはいつも決まってこう言うの。あたしもそーゆうときがあるんですよ。そんなときは座布団《ざぶとん》で家をつくって、その中で悲しい音楽を聴きながら、わんわん泣くんです。ひとしきり泣いたら、座布団を撥《は》ねとばすようにして、がばって立ち上がるんです。そうすると、嘘みたいにすっきりするんですよ。座布団が遠くに飛ぶほど、すっきりするんです。今は、あたしがパパさんの座布団になってあげますからね、って言って、ヨチヨチ、ってまた頭を撫でてあげるの……もちろん、そんな話は出鱈目《でたらめ》なんだけどね。ちょろいもんよ」

有希江ちゃんはそう言って、アメリカ人みたいに親指をぐっと突き立てた。

「でもさ……有希江ちゃんが座布団の代わりになってやっても、最後に吹っ飛ばすことなんて、誰にもできないんじゃないの？」

「はん？　なんだって？」

「やっぱり、キャバクラってスケベだね、って言ったんだよ」

「どーして、それがスケベなの？」

「そーゆうおっさんて、しらじらしく胸に顔をうずめたりするんじゃないの？」

「させるわけないでしょう。うちは品のあるお店なんだから。タッチはいっさいご遠慮してもらってるもん」

有希江ちゃんは嬉《うれ》しそうに言いながら、両腕を上げて伸びをした。彼女から伝染したのか、そのようすを見ているうちに、自分にも欠伸《あくび》が込み上げてきた。

「あーあ、もうあたし、おなかすいちゃった。今何時？」

「八時十分。すっかり朝だよ」

「ねえ、あたし、コンビニ行って何か買ってくるよ。中根くんも食べるでしょ？　何がいい？」

「食欲なんてないよ。もう眠くて仕方ない」

「あっそ」

有希江ちゃんはバッグの中から財布を摑《つか》みとり、駆けだすように部屋から出ていった。僕は何もない部屋の中でどうしていればいいのかわからず、ベランダへ出て風に当たった。下の通りには、スーツ姿の人や小学生が何人か歩いていた。

どこからともなく、聞き覚えのあるメロディが聞こえてきて、遠くに目を移すと、灰色のゴミの収集車が角を曲がってくるのが見えた。車は電信柱のある場所に止まり、灰色の作業着を着た三人の作業員が、車の陰から飛び散るように出てきた。

彼等は電信柱のたもとにあるゴミ袋を手にして、車の後部にある開かれた部分に、それらを投げ入れていった。遠くからでも、僕は自分が捨てたいくつかのゴミ袋を見分けることができた。ひとつには、ペンシルストライプ柄のカーテンが透けて見えていたし、ほかのものに比べると、袋がぼこぼこと歪《いびつ》なふくらみ方をしていたからだ。

彼等は僕が捨てたゴミ袋も次々と投げ入れ、ほかのたくさんのゴミ袋も投げ入れ、車は同じメロディを繰り返し流していた。そのうちに車の後部にある鉄の弁がゆっくりと動きだし、いくつものかたまりを中へ中へと押し込んでいった。半透明のゴミ袋に鉄のそれが食い込み、遠くから見ているだけでも、めきめきと音が聞こえてきそうだった。

ゴミの収集車は走り去り、細かな屑《くず》が点々と残ったアスファルトには、黒い染《し》みがうっすらとひろがっていた。人々が前を行き交い、つかのま視界から消えるその場所を、僕はぼんやりと眺めていた。やがて白いビニル袋を手にした有希江ちゃんが近くにあらわれ、僕は視線を彼女に移した。遠くから目にすると、彼女の体はとても女性的で、僕よりもずっと大人に見えた。

有希江ちゃんはそのうちに、僕が上から見ていることに気付き、お、は、よ、う、と口を動かしながら手を振った。投げやりな調子で手を振り返すと、彼女はさっきしたみたいに、親指をぐっと突き立てた。僕は笑い、彼女と同じように指をかたちづくった。

八月のつぼみ

寝袋に入っているつぼみの姿を見たとき、あまりにも滑稽《こっけい》でかわいらしくて、骨が折れるくらいぎゅっと抱きしめてやるか、そうでなければつぼみにされたのと同じように、足で蹴飛《けと》ばして転がしてやりたくなった。だから、棺桶《かんおけ》の小窓から死に顔を拝ませてもらったとき、英昭《ひであき》はそのときのことを、光の速さにも近いレベルで瞬時に思い出し、ぼんやりと感じていた悲しみのようなものは、どこか遠いところへ消え失《う》せてしまった。

鉄の扉が閉まり、火が点《つ》けられたときも、細長い煙突から出る煙をみんなで眺めているときも、ピンク色にうっすらと染まった遺骨を拾うときでさえ、こみあげてくるものはなかった。それどころか自分には、知らず知らず不埒《ふらち》な笑いを浮かべていた可能性もあるから、異様なほど芸能界のことに詳しくて、いつも気味悪いくらい人の行動をチェックしている、サチ叔母さんの目には、血も涙もない人間として映っている

のかもしれない。英昭はそう思った。叔母はさっきから止めどなく涙を流し、悲しみの感情がいったん静まると、

「あんたらときたら、ほんとにクールよね」

と真正面に坐《すわ》る英昭たちを見て言いながら、睫毛《まつげ》いっぽん濡《ぬ》れていない、二人の目の奥を覗《のぞ》き込んだ。英昭はそのたびに、隣にいる弘と顔を見合わせて苦笑いした。

弘はプラスチックのようなつるつるの顔をにやつかせ、英昭のグラスにビールを注ぎ足すばかりで、自分の母親の醜態については、完全に無視を決め込んでいる。英昭は従弟《いとこ》の気持ちもなんとなくわかり、声に出して話すときは、ヴァンズのスニーカーやコンピュータのことばかり話題にしていた。しかし叔母にしてみれば、英昭たちのそうした会話も気に入らないことのひとつらしく、話が盛りあがってきて声が少しでも大きくなると、故意にやっているとしか思えないタイミングで、汚い音をたててハンカチに鼻汁を吸い込ませていた。

叔母の隣には、英昭の母親と、英昭の妻が坐っていて、妻の脇《わき》ではもうすぐ三歳になる梨花《りか》が眠りこけている。梨花は頭を妻の膝《ひざ》の上に載せ、お尻《しり》だけは座布団《ざぶとん》の上に載せて腹をへこませ、足は母親の膝上に投げだしている。おかしな格好で寝るのはやめなさいと何度言っても聞かないまま、いつのまにか深い眠りの中に落ちてしまった。

その梨花の、今のところはまだ、あんよ、と呼ぶにふさわしい、黒い靴下を履かせた小さな足が差すほうには、英昭の母親の弟に、英昭の父親、弘の父親に弘の弟、英昭の母親の弟の娘たちと、母親の弟の妻、といった具合に、似たり寄ったりの喪服を着た親戚《しんせき》たちが連なっている。英昭はひさしぶりに見る一同をあらためて眺め、正面に目を戻すと、妻にわかるように指差して、さっきよりもずいぶんと裾《すそ》がめくれあがっている、梨花のスカートを直させた。

「ねえ、ヒデちゃん知ってる？　今さ、自分で簡単に作曲ができるんだよ」

ヒラメの刺身をつまみ上げながら弘は言った。英昭は返事をする前に叔母のようすをちらりと確かめた。

「知ってるよ。そんなソフトはずいぶん前からあるよ」

「そーなんだけどさ、あれって結局、楽譜が読めたり、ピアノが弾けたりしなかったら駄目だったじゃん？　最近のはさ、マイクに向かってハミングしてりゃー、画面にどんどん楽譜ができてくわけよ。音楽的基礎知識がなくても全然関係なし。すげーと思わない？」

「すげーとは思うけど、作曲なんかしてどうすんだよ？　バンドでもやるの？」

「だってさ、せっかくオリジナルでビデオとか編集してるのに、音楽だけ出来あいなんてつまんないじゃん……あ、そーいえばヒデちゃん、オレのホームページ見てくれた？」

「いや、まだ見てない。そのうちに見るよ」

「そのうちになんて言ってないで、今夜にでも見てよ。オレの自信作なんだから」

「おまえさ、最近そんなことばっかやってんの？」

「そーだよ。だってバイトしてやっと買ったんだもん。時間があるときは楽しくて、何時間でもパソコンに向かってる。だから最近、めっきり視力落ちちゃったよ、オレ」

弘は大学に去年入ったばかりで、英昭とはほぼひとまわり歳《とし》が違う。家が近いこともあって、生まれたばかりの頃からよく遊んでやっていたが、英昭は昔よりも今のほうが、年齢の差を感じている。それでいて、とりわけて今夜は、弘よりも先行して生きてきた年月の長さを、英昭はうまく認識することができなかった。

英昭がつぼみの家に住んでいたのは、ちょうど今の弘と同じ年齢の頃で、つまり十年くらい前のことだったが、英昭は自分が学生だった頃のことをまだはっきりと覚えていた。それに頭の中身自体が、根本的には学生だった頃から少しも成長していないように思えた。会社を辞めてフリーで働くようになり、長年の同棲《どうせい》生活のすえに、結婚して子供をつくり、そして三十を過ぎた今でも、それまでの十年という歳月に、ひとむかし、という言葉ほどの遠い感覚を、感じることができなかった。それでもいつのまにか大学生になっていて、いつのまにか煙草《たばこ》を吸うようになっていた弘を前にすると、過ぎゆく時間の速さに驚くのとは別のところで、愕然《がくぜん》とするものを抱くのだ。

「……ねえ、ヒデちゃん、なんでさっきから天井ばっか見てんだよ？」

「え？　うん……だから要するに……十年なんてたいした時間じゃないんだってことが、今なんとなくわかった」

「はあ？　そんなわけないじゃん。十年なんて気が遠くなるほどの長さだよ。十年前だったら、おばーちゃんは馬鹿《ばか》みたいに元気だったけど、今はすっかり骨になってるんだぜ。それくらいの違いはあるよ」

「でもさ、そーゆうのは結局、きのうと今日でも同じようなもんなんだな、と思って」

「それって何？　なんかの哲学の話？　それともSF？」

言葉を返そうとしたとき、叔母の嗚咽《おえつ》が聞こえ、英昭は開けかけた口にビールを流し込んだ。テレビのサスペンスドラマの中で、保険金目当てに夫を殺した女が、最後に罪を告白するときのような見事な泣きっぷりで、この人の涙のタンクはいったいどうなっているのだろう？　と英昭は思い、表情を硬くさせて弘の母親を眺めた。

　彼女の姉である英昭の母親になだめられ、叔母はようやく泣きやんだと思ったら、語りあうのはやめようと身内のあいだで決めていた、つぼみの思い出話を語り始めた。サチ叔母さんはどうしてもみんなと一緒に泣いて、みんなと一緒にカタルシスみたいなものを得ないと気が済まないのだろう。英昭はそう考えた瞬間、ゲロが出る、と思い、舌を出して真似事《まねごと》をしたら、本当に吐き気をもよおしてきて、急いで座敷を出てトイレに向かった。

　ひとしきり胃の中のものを出して座に戻ってくると、叔母に影響されたのか、英昭の母親までが目にハンカチを当て、血縁ではない叔父のひとりは顔をうつむかせ、その隣にいる従姉妹《いとこ》は涙ぐんでいた。唯一《ゆいいつ》、英昭の妻だけは頭をこっくりさせていて、梨花も体を折り曲げて熟睡していた。英昭はなんとなく、ふたりを誉《ほ》めたいような気分になって、弘の背中をばんと叩《たた》きながら隣に坐った。

「どーすんだよ？　こんなしんみりしちゃって」

「いいからいいから、そろそろシャッターチャンス、ってもんでしょ」

「……シャッターチャンス？」

　弘は座卓の下から鞄《かばん》を引っぱり出し、その中からデジタルカメラを取り出した。

「やっぱオレ的には、こーゆう普通じゃない状態のほうが、あとで笑えると思うんだよね」

そう言いながら弘は、顔をゆがませている親戚たちに、カメラのレンズを向けた。

「……それにさ、人が泣いてるようすって、けっこー絵になると思わない？　ほら、うちのババゴン」

弘が差しだしたカメラの、写真というよりもビデオの静止画像に近い、モニターパネルには、叔母と英昭の母親が寄り添うようにして映っていた。英昭は弘のやっていることが悪趣味だと思ったが、

「本当だ。絵になってる」

と笑って答え、視線を目の前にいる家族に移した。妻と母親のあいだで、梨花は相変わらず幸せそうに眠りこけている。十年くらい前、つぼみを見たときと同じような目付きになっているのが自分でもわかり、英昭は表情をとりつくろいつつビールを口にした。

大学二年までのあいだ、英昭がつぼみの家に移り住んでいた頃、つぼみはいい意味で、ようすが少しおかしくなっていた。長くつれそった夫を亡《な》くしてからというもの、

それまでは一日中テレビを見ているような生活をしていた老婆《ろうば》が、まだらに白くなっていた髪を黒く染め、頻繁に買い物をしたり、温泉旅行に出掛けたり、英語の勉強をはじめたりするようになった。

　じいさんが死んで好きなことをしているのだろうと親戚一同受け止めていたが、一周忌の日、丸襟にパフスリーブのワンピースを着てあらわれたつぼみには、誰もが唖《あ》然《ぜん》とした。叔母が後ろの襟もとをまさぐると、名の知れたシニアブランドで、目玉が飛び出るほど高いものだという。家族の知る限り、夢もなければ欲もないとまで断言していたつぼみのことだったから、今頃になって恋でもしているのか、それとも頭がおかしくなってしまったのか、英昭の母親がそれとなく思うところを尋ねると、つぼみは老いた皮膚の溝をより深くさせ、したいようにしているだけだと笑った。

「カラスの勝手ってもんだろう。残りの人生、楽しく生きなきゃ損じゃない」

　言葉を交わすほど、つぼみの気が確かなことがわかり、墓参りを済ませた夕方過ぎには、身内の集まりをなごやかに終えた。しかし英昭の母親は、悪い想像を打ち消すことができず、その晩の帰り道、大学二年までは横浜の校舎に通う息子に、いっときでも、つぼみの家に移り住むことを提案した。英昭は、祖母には心配なんて御無用だと思っていたし、幼い頃から手強《てごわ》い存在だったその老婆と、毎日顔をあわすことにな

るのかと思うと、少々うんざりするものがあったが、

「いいよ。夏休みくらいには引っ越すよ」

と答えた。つぼみの住む町には、古い神社や蕎麦《そば》屋や甘味処《どころ》や、そして野山と海しかない。東京から一時間と離れていないのに、町全体が年寄りじみている。しかし夏だけは、自分の知る限り、どこで過ごす夏よりも気持ちよく、退屈な時間さえ優雅なひとときとして感じられる。短い夏のあいだだけでもそうした空気を味わえる生活に、英昭は魅力を感じた。それに今年の夏休みに予定していた、50ccのバイクで海岸沿いを旅するという、大きな計画を実行するのにも、都合がいいように思えた。

高校時代は毎日のように乗っていたその50ccバイクには、大学に入ってからはめっきりと乗らなくなった。処分しなければと目にするたびに思っていたが、いざとなるともったいなく感じられ、自宅のマンションの自転車置き場で、バイクは錆《さ》びついていくばかりだった。そうしたおりに英昭は、深夜にやっていた映画『イージー・ライダー』を観《み》たことから、車体が駄目になってしまうか、自分が疲れてしまうか、どうにかなるまでバイクを走らせて、伊豆半島を南下する計画を思いついた。

つぼみの家からだと、海岸沿いに出るまでに時間はかからない。かなりの気構えがいる旅だから、気持ちが盛りあがったときに、すぐにでも出発できる町に住むのは、

条件的に悪いはずがなかった。

結局のところ、頭にあったのは夏の計画のことばかりで、母親の思惑などはじめから気にも留めておらず、自分の予定どおり、大学が夏期休暇に入ると英昭は、つぼみの家に移り住んだ。そして幼い頃に泊まりにいっていたときと同じように、つぼみの家に移り住んでからは、毎朝のように勘違いをしていた。家から海までは、近いといっても歩いてしばらくかかるのだが、朝、目覚まし時計のデジタル音を消すと、波の音がゆっくりと確実に部屋の中にひろがっていった。いくつもの小さな水しぶきが寄り集まって、ひとつの大きなかたまりになり、一瞬にして砕け散っていくようすが瞼《まぶた》の裏に浮かんだ。ピークに達したところで、世界中を飲み込むような音をたて、おもむろに静寂を取り戻しては、ザバッ、と大きくてやわらかな音を響かせる。

いつのまに海辺に来たのか、英昭は不思議に思い、瞼を開けて光が差すほうへ頭を動かした。網戸で曇って感じる窓の向こうに、海は見えない。あるのは一面の雑木林だけで、風に揺れ、波打つそれとよく似た音を、今もなお生みだしている。

「たいむあっぷ。起きろ、ヒデちゃん」

背後からつぼみの声が聞こえ、「うん」と目を向けて答えると、英昭は襖《ふすま》が閉まるのを待った。つぼみは顎《あご》をしゃくりながら、「はーりあっぷ、はーりあっぷ」と乾いた声で言って、襖をぴたりと閉めた。

英昭は大きく伸びをして、汗ばんだ背中を弓なりに浮かせると、体の上でねじれているタオルケットを払いのけ、トランクス一枚になった。かすかに漂う食べ物の匂《にお》いを感じとり、食欲が湧《わ》き起こるのと同時に、意識がだんだんとはっきりしてきた。弾みをつけ、勢いよく体を起こした。窓の向こうで、ぎっしりと生い茂った葉がゆらめいているようすをあらためて眺め、段ボール箱からTシャツとカーゴパンツを取り出して、手足を通した。

つぼみは小皿が並んだ卓袱台《ちゃぶだい》の端で、このところの習慣である英語の勉強を始めていた。英昭は自分で味噌汁《みそしる》を温め直し、ごはんを桜貝色の茶碗《ちゃわん》に盛ると、「おあおう」と箸《はし》をくわえた口で言って、祖母の前に坐った。つぼみは顔を下に向けたまま、「ぐっもーにん」と大きすぎるくらいの声で答えた。

線香の匂いがすっかり染《し》みついた居間に、英昭はいつまでも慣れることができなかった。つぼみは英語の辞書を脇に置いて見ながら、ごしごしと書いては消し、書いては消し、一文字ずつ慎重に、アルファベットをノートに書き込んでいる。痴呆症《ちほう》にならないためにも毎朝ひとつ英単語を覚えようと、意味と綴《つづ》りを三十回ずつ、大学ノートに書き写すのだ。英昭は首を伸ばし、dewlap、と書いてある鉛筆の文字をどうにか読み取った。

「ね、それってなんて意味？」

「これは喉袋《のどぶくろ》。牛なんかの、喉袋って意味だよ……あんた、本当にすかぽんたんだね」

「……喉袋？　喉仏じゃなくて？」

「そう、喉袋。でゅーらっぷ、喉袋だ」

英昭は音をたててぬか漬けを嚙《か》み砕きながら、そんな単語を覚えても仕方ないだろうにと思った。つぼみにとっての目的は違うものだとわかっていたが、この家に来てからというもの、英昭は毎朝、一抹のむなしさを感じていた。

「なんかさ、もっと形になるようなことをしたほうがいいんじゃないの？」

「何言ってんの」つぼみは手を止めて言った。「いいかい？　あたしがこの辞書を丸暗記した頃にはね、英語がぺらぺらになってるって算段だよ」

「……そーなの？」

「そうだよ。それにあんた、おまけに最後には、このノートがお手製の辞書になるんだよ。立派なもんじゃない……あんだすたんど？」

「おう、いやーす」

英昭はこっくりうなずきながら返事して、反論したい気持ちをごはん粒と一緒に飲み込んだ。文法を覚えるか会話を聞かない限り、英語がぺらぺらになれるわけがないのだと言おうかと思ったが、例題ひとつあげるにしても、自分の語学力にあまり自信がなかった。

「そういえば、あんたのふとんの掛け方、まるでおむつを長く垂らしてるみたい」

つぼみはふたたび手を止めて言って、そこだけ白くなっている、髪の根もとを鉛筆でこりこりと掻《か》いた。英昭が生まれたばかりの頃、さらし布を巻き付けてやったことのある自分には、孫の寝姿が記憶とだぶるものがあるのだと、つぼみはいう。

反撃された、と英昭は思い、「いいじゃん別に」と愛想もなく言って、箸で生卵を素早くかき混ぜた。つぼみは表情ひとつ変えずノートに目を戻し、「でゅーらっぷ、喉袋、でゅーらっぷ、喉袋」ともごもご繰り返した。

「じゃあ、ちょっくら行って来る」

サンダルを履き、返事を待つことなく戸に手を掛けると、「じゃすともーめんと！」と叫ぶ声がした。英昭は振り向き、つぼみが玄関にやってくるのを待った。

「ヒデちゃん、今日こそ忘れるんじゃないよ」

つぼみは言いながら、がまぐちの財布から五千円札を取り出し、英昭に差しだした。

「ほら。先にお金を渡しておくよ。これで足りるだろう?」

「何これ?」

「やだねえもう、ほら、なんていったっけ? 買ってきてって、このあいだ頼んだじゃない」

「もしかして、バッハのアリアとなんとか、っていうやつ? おばーちゃん、ほんとにそんなもん欲しいわけ?」

数日前、NHKの音楽番組の中で紹介されていたそのピアノ変奏曲を、名曲だと褒め称《たた》え、レコードを買ってきてよとつぼみが言っていたことは、確かに覚えていたが、英昭は半分も本気にしていなかった。昔から祖母の家には、音楽再生装置の類《たぐい》はひとつも置いておらず、今のところ唯一、英昭が持ってきたCDラジカセがあるだけなのだ。

「あんたふうにいえば、いいじゃん別に、ってところ。ほら」

「いいけどさー……ババーがバッハを聴くなんて」

「ありゃ、ほんとだ。ババーがバッハ。あたしは今気付いたよ」

つぼみは恥ずかしそうに笑いながら、財布に付いた鈴をちりんと鳴らした。

二カ月近くもある夏休みは、まだはじまったばかりだった。バイク旅行へ出発するまでのあいだしばらくは、夏休みの膨大な時間の中に身をゆだねようと、英昭は毎日サンダル履きでぶらぶらと駅前まで出掛けては、喫茶店で本を読んだり、遊技場で球を打ったりして過ごしていた。

英昭は今日も同じように、土産物屋をひとしきり見て回り、甘味処でランチを食べてからまた町をぶらついた。それから町に一軒しかないレコード店に立ち寄って、つぼみに頼まれたCDを買い求めた。カーゴパンツの脇《わき》ポケットに、それを無理矢理に突っ込み、駅前通りに出るとそろそろ帰ろうかと思ったが、日が暮れるまでにはまだ時間がある。英昭はとりあえず、ドーナッツショップで極薄のコーヒーを飲むことにした。

店内には、甘いドーナッツの匂いとエアコンディショナーの風が充分すぎるくらいにいきわたり、汗ばんでいた首筋が急速に冷やされていった。英昭はコーヒーを啜《すす》りながら、いつ頃からバイク旅行へ行こうか考え、最低限、用意しなければならないものを頭に浮かべていった。

地図、デイパック、小型カメラ、サングラス、歯ブラシ、次々と頭に浮かぶものはあったが、何かひとつ、重要なものを忘れているような気がした。英昭は店員を呼び止めてコーヒーをおかわりし、窓ガラスの向こう側で信号待ちしている、サーフボードを載せた銀色の4WDを眺めた。

光のハレーションが目に突き刺さり、ようやく頭に浮かんだのは、夜眠るための道具、寝袋だった。今回の旅行では宿泊はせず、夜は海岸で野宿するつもりだった。夏だからバスタオル一枚あれば充分な気もしたが、砂浜で過ごす夜は結構寒いかもしれないと思い、寝袋のことを思いついた。けれど本当に、夏の夜に寝袋が必要だろうかと英昭は思い、使ったことのないその寝袋の、感触や寝心地を体中で想像した。

ふとんとして考えればいいのか、大きなジャンパーとして考えればいいのか、今ひとつイメージがつかめず、それでいて寝袋に対して、憧《あこが》れにも似た興味が湧き起こり、今すぐにでもその中に入ってみたくなった。

実物に触れてみるのがいちばんだ。英昭はそう思い、腕時計を覗《のぞ》き込み、まだ三時にもならないことを確かめると、アウトドアショップのある町まで、さっそく行ってみることにした。


「ぐっいぶにーん。今日はずいぶん遅かったじゃないの」

つぼみは台所から顔だけ出して言った。英昭は家中にたちこめる醤油《しょうゆ》の匂いに鼻を鳴らし、手にしていた荷物を畳の上に投げだした。

「おばーちゃん、ハサミってどこにあんの?」

「ハサミ? 糸切りでいいんなら、電話の下の引き出しに入ってるよ」

英昭はUの字になったそれを取り出し、荷物の梱包《こんぽう》を解こうとしてすぐにやめ、台所にいるつぼみのそばに行った。

「はいこれ。買ってきたよ」

脇ポケットにずっと入れていたCDケースは、心なしかしなって見えた。「せんきゅーべりーまっち」とつぼみは手を休めずに早口に言った。「仏壇の脇に置いておいてよ」

急《せ》かしていたわりに、祖母の態度がそっけないように思え、「つまんねーババーだなあ」と英昭は小声で言いながら、指示されたとおりの場所にCDと残った金を置くと、買ってきたものをひろげていった。

「なんだいそれ? あんた、へんなもん買ってくるねえ……」

山になった煮物の皿を卓袱台の上に置き、英昭のかたわらにあるオリーブグリーンの寝袋を、つぼみはあきれ顔で眺めた。英昭は何も答えず、寝袋のファスナーを全開にし、中に入って両足を伸ばすと、にやにや笑いながらファスナーを閉めていった。

「いいでしょ、これ。寝袋。野宿するときに使うもん」

「あんた、それじゃまるで、芋虫だよ。芋虫！」

つぼみは声をあげて笑い、畳の上で仰向けになっている英昭を、それっ、と蹴飛《けと》ばす真似《まね》をした。英昭は調子をあわせ、右へ左へごろごろと体を動かした。

「どう？　うらやましいでしょ？　本当は、いいもん買ったって思ってるでしょ？」

英昭は壁際《かべぎわ》まで転がってから、つぼみを仰ぎ見て言った。アウトドアショップから家に帰ってくるまでのあいだに、ふと思った。祖母がCDをほしがったのは、自分が持っていたCDを見たからであって、たぶん、同じように、この寝袋にも興味を示すだろうと。

「ふん。うらやましかないよ、そんなもん」

つぼみは自分の笑い声を押し殺すように、きっぱりと言うと、リモコンを手にしてテレビをつけ、チャンネルをせわしく切り替えた。英昭は少しがっかりして、寝袋からすぐに抜け出した。

「……ねえ、オレが買ってきてやったCD、ちゃんと聴いてよ。あとでラジカセこっちに持ってくるから」

つぼみは筋張った首筋をつねるように掻きながら、「おっけーおっけー」と気のない調子で答えた。

バッハが作曲したその鍵盤音楽『ゴルトベルク変奏曲』は、ゆっくりと静かなアリアが終わると、華やかな第一変奏がはじまる。それからは休みなく第三〇変奏まで続き、最後はまたゆっくりと静かなアリアの回想で終わる。

全体的に明るく軽やかで、特に第一変奏は、怖いくらい透明の青空の中をどんどん舞い上がって、光と風に全身が包まれていくような気分になる。テレビで聴いたときよりも気持ちが高揚するものがあり、全曲とおして聴くまでもなく、英昭もすぐに好きになった。それに不思議と、平屋建てのつぼみの家にも溶け込み、透明感のあるピアノの音色が、くすんだ部屋の内部をクリーニングしていくようだった。しかしつぼみがCDを買ったことで、困った問題がひとつ生じていた。

「うるさいよ！　何度言ったらわかるんだよ」

「あのね、あんたこそ何度言ったらわかんの？　ここはあたしの家なんだからね、構わないの。家の仕事をしてるとねえ、これくらいにしとかなきゃ聴きとれないからね」

「もう耳が悪いんだよ。補聴器つけなよ、補聴器。それにさ、ここはおばーちゃんの家でも、近所の人に迷惑だよ」

「ぶつぶつうるさい子だねえ……あーやだやだ。あんた、いつになったら旅行に行くの？」

「そのうちに行くよ。余計なお世話ってもんだよ」

「とっとと行っちまいな」

「口の悪いババーだなあ」

「ババーでけっこー毛だらけ、猫灰だらけ、あんたのケツはーくそだらけ、ってもんだよ」

「きたねーなあ……言っとくけど、オレのケツはくそだらけじゃないよ。いつも清潔だし、それに高校のときはクラスの女の子に、お尻《しり》だけは小さくてかわいい、って言われてたくらいなんだから」

「かわいいだって？　あんたねえ、尻だろうが顔だろうが、男がかわいいなんて言われて喜んでたらおしまいだよ」

　つぼみはそう言って、ＣＤラジカセの音量を下げないまま、畳の上に横になった。

つぼみはほとんど毎日、夕方に一時間近く昼寝をしていた。歳《とし》をとって体力が落ち、長くは眠れなくなる、という説が本当だとすると、祖母はまだまだ若いのだろう。けれど気持ちまで若いのは困ったものだと英昭は思い、それ以上は何も言う気になれず、縁側から庭に出ていった。

かけっぱなしのバッハのピアノに重なり、頭上からのんびりとした鳥の鳴き声が聞こえ、見上げると、大きな羽を広げた鳶《とび》が、空をゆっくりと旋回していた。青みを失いかけた空には、ところどころ雲が浮かび、遠くには、パセリを巨大化したような山が見えた。英昭は汗ばんできた額をTシャツの袖口《そでぐち》でぬぐい、自宅から持ってきた50ccのバイクに歩み寄った。

車体の汚れは拭《ふ》き取り、錆《さ》びついていたところはすでに磨いてあった。旅行を予定していた日に台風が上陸し、出発の日を延ばしていた。予報によると、向こう一週間はまずまずの天気らしく、来週中には出発しようと英昭は思い、ハンドルを握り、右のグリップを軽く動かした。

翌朝、セミダブルのベッドがつぼみの家に届けられ、英昭は戸口から顔だけ出して

「あの、何かの間違いじゃないですか？」

言った。配達の青年が怪訝《けげん》な顔で、手にしていた伝票を覗き込むから、それを見せて

もらうと、つぼみの名前と家の住所が、見覚えのある文字で書いてあった。英昭はそれでも納得できず、

「おばーちゃん！　ベッドなんて買ったー？」

と大声を出して奥にいる祖母に呼びかけた。しばらくすると、つぼみはにこにこ笑いながら戸口まで出てきた。

「買った買った。あたしのベッドだよ。うらやましいだろ」

「なんで今さらベッドなんて買ったの？」

「なんでって、使ってみたかったからに決まってるじゃない。ふとんは上げ下げが億劫《おっ》だからねえ……」《くう》

淡々とした調子で言いながら、つぼみはサンダル履きで外に出て、配達の人たちを中に促した。英昭はつぼみが家の中に戻ってくると、すぐにまた声をかけた。

「でもあれって、いくらなんでも大きすぎない？　セミダブルでしょ？」

「お店の人に聞いたらね、ひとりで寝るのにも、大きめのほうがいいって言うからね。寝返り打ったとき、腕が空を切ることも少ないって……それにほら、大きいほうがベッドって感じがするだろう？」

しゃべりながら自分の部屋に向かうつぼみを、英昭は追いかけるようにあとについ

た。祖母がベッドを使うことに違和感を持っているわけではなかったが、買ったことさえ聞いていなかった。つぼみを心配している親戚《しんせき》たちの気持ちが、今頃になってわかったような気がした。しかしどちらかというと、あきれる気持ちのほうが強く、もしかしてもしかすると、オレの寝袋に対抗したのかもしれない、と英昭はベッドが運ばれるのを目にしながら思った。

「さてさて、どうしようかしらねえ……」

配達の人たちが家を出ていったあと、つぼみに言われるまま、英昭も一緒になってベッドの配置を考えることになった。ふたりであれこれ動かしたすえ、結局、部屋に入ったときにベッドの側面が見えるような状態に、つまり壁際まで寄せてしまう、なるべくほかの家具を動かさなくて済む置き方に決まった。そこは最初にとりあえず置いていた場所でもあるのだが、英昭がベッドを押して壁まで寄せようとすると、「じゃすとも一めんと！」とつぼみは急に声を張りあげた。

「家具はね、どこか一辺が壁についていたほうがいいんだけど、それ以上つくのはよくないんだよ」

「……なんで？」

「そのほうが影が生まれるだろう。影がものをきれいに見せたり、ゆったり見せたりするんだよ……あんだすたんど？」

つぼみはそう言って、壁際からベッドとのあいだを、枕《まくら》ひとつぶんくらいは空けるように指示した。英昭はベッドの頭のほうだけを側面の壁にしっかりと寄せ、まるで職人にでもなったようなつもりで、ベッドが部屋に対して、きちんと平行かつ垂直になっているか確かめた。

「なんか、急にせまくなったね」

「いいんだよ。あたしひとりじゃ広すぎたんだから」

「でもさ、掛けぶとんはこんな和式の花柄で、下も畳だし、ちょっと変じゃない？」

「こういうのをモダンっていうんじゃないの。わかってないねえ……」

「ね、ほんとは、オレの寝袋に対抗したんでしょ？」

「あんぽんたん。そんなもんと比べられたらベッドが泣くよ」

そう言いながらつぼみは、ベッドの上にあがり込むと、足と手をひろげて大の字になり、「あー極楽極楽、べりーないす、べりーないす」と気持ちよさそうにつぶやいた。

「……きっと今日からは、毎晩いい夢が見られるよ」

英昭はいくぶん大袈裟《おおげさ》に肩をすくめて言った。このばーさんは、畳よりもちょっと高いところに上がっただけで、幸せになれるらしいと思いつつ。

しかし言葉とは裏腹に、ベッドが来てから一週間と経《た》たないうちに、眠りが浅いのか、寝ても寝た気がしないのだと、つぼみはぼやくようになった。英昭の頭からは、ベッドのことは離れつつあったから、はじめに話を聞いたときは、とうとう老化現象がはじまったのかもしれないと思った。

「……やっぱり、ベッドとの相性がぁ、悪いのかしらーねえ」

夕方近く、つぼみはグラスに残っていた麦茶を飲み干すと、大きな欠伸《あくび》をして言った。横になって雑誌を読んでいた英昭は、卓袱台《ちゃぶだい》の上にあるソフト煎餅《せんべい》を手にした。

「ふとんに戻したほうがいいんじゃないの？　そしたらあのベッド、オレが使うよ」

「馬鹿《ばか》言っちゃいけないよ。そのうちに慣れてくるかもしれないじゃない」

「あのさ、本当に歳ってもんを考えたほうがいいよ。腰が悪くなったらどーすんの？」

「そのへんの年寄りと一緒にするんじゃないよ。まだ八十にもなっていないんだよ」

「充分ババーじゃん」

「よく言うよ。だいたいあんただってね、やってることは年寄りと同じじゃないの。いい若いもんが、昼間からごろついてばかりで。ジジーだジジーだ」

「あのさ……人のこと言い負かさないと気が済まないわけ？　しょーがないじゃん。出発しようと思ったら、毎回大雨が降るんだもん。オレのせいじゃないよ」

「あんたね、そんなことを言ってたら、どこにも行けやしないよ」

「わかってるよ」

「ふん。あたしはちょっと寝るよ。ヒデちゃん、上に掛けるもん取ってきてよ」

言い終わらないうちに、つぼみはエンドレスでかけていたCDラジカセを停止させ、座布団《ざぶとん》を折り曲げて枕にし、卓袱台の脇で横になった。英昭はソフト煎餅で塩まみれになった指を嘗《な》め、祖母の部屋まで綿毛布を取りにいった。

居間に戻ると、つぼみはもう寝息をたてていた。英昭は綿毛布を掛けてやり、扇風機の風量を弱にした。寝不足も重なっているから、もしかしたら、今夜はオレが夕飯をつくることになるのかもしれない。英昭はそんなことを思いながら腰を下ろし、読みかけていた雑誌に目を戻した。


「おーい。ババー」

試しに呼びかけてみたが、つぼみは微動だにしなかった。思っていたとおり、空が暗くなりかけた頃になっても、祖母は起きようとせず、鼻を大きく鳴らして熟睡していた。本当に自分でつくるしかないのかと、英昭は残念に思いながら、祖母の寝顔を眺めた。

つぼみのすぐそばにあるエメラルド色の扇風機は、寝息を部屋中に拡散させるみたいに、その首を大きくゆっくりと振っていた。全開にした窓の網戸は白光りし、無数の隙間《すきま》から、湿りをおびた草の匂《にお》いを放っていた。英昭はそうした光景をぼんやりと眺めるうちに、ちょっとしたいたずらを思いつき、顔が急にほころんでくるのがわかった。

すぐさま立ち上がって押入を開けると、まず、荷造り用のポリエチレンひもを探しだした。ハサミは電話の下の棚にあるとわかっていた。英昭はひもを適当な長さに切り、ゆっくりと慎重につぼみの片足に回し、気付かれないように、時間をかけて片結びし、ひもの片端を卓袱台の脚に、しっかりと結びつけた。ひもをもういっぽん切り、同じようにしてつぼみのもう片方の足に結びつけ、あたりを見回し、近くにある籐籠《とうかご》の屑入《くずい》れに片端を結んだ。

英昭はそこまでするとと爆発的な笑いがこみあげてきて、手を口もとに当ててくすくす笑った。ようやく笑いがおさまると、なんだか物足りないように思えてきて、ふたたびつぼみのそばに歩み寄り、所在なげに投げだされた細い手首に、今まで以上に慎重にひもを巻きつけた。そしてひもをロールから切らないまま伸ばしていって、台所に置いてあるバナナの房に、絡《から》みつけるようにして結びつけた。

もういっぽんの腕は、綿毛布の下に隠れている。英昭は腫《はれ》ものにでも触るような手付きで、綿毛布の端をめくりあげ、するするとひもをすべらせて、ゆるいなりにもなんとか祖母の手首に結びつけた。どこかに繋《つな》げられるのは、これが最後だから大胆にでようと思い、つぼみが起きてひもを引っぱったときに、音が出るようなものを、部屋の中に探した。何より先に目についたのは、祖父の位牌《いはい》がある仏壇だったが、いくらなんでも後でたいへんなことになるだろうと思い、仏壇だけはやめることにした。しかしこれといったものが部屋には見当たらず、英昭はもう一度台所まで行き、今度はアルミニウムのやかんに目をつけた。中の水はシンクに流し、蓋《ふた》をすると、持ち手の部分に、ひもをしっかりと結びつけた。

ひとしきり笑い転げると、やる気みたいなものがふつふつ湧《わ》き起こり、英昭は夕飯の仕度にとりかかった。料理には自信がなかったが、簡単なものならどうにかつくることができた。英昭は耳にすっかり馴染《なじ》んでいたピアノのメロディを鼻で歌いながら、とりあえず米を洗い、味噌《みそ》汁《しる》のだしをとり、冷蔵庫の中を覗《のぞ》き込んだ。椎茸《しいたけ》とチーズ入りの卵焼きに挑戦してみることに決め、ボウルに卵を割り、具を入れてカタカタとかき混ぜた。

形こそ悪いものの、まっきいろの見事な卵焼きが完成し、皿に盛ると、冷蔵庫の中をまた覗き込み、めざしと豆腐、鮭《さけ》の切り身とレタスとトマト、それに梅干しとキュウリを取り出した。めざしを焼きながらサラダをつくり、豆腐をさいのめに切って味噌汁の中に入れ、舌だけを頼りに、オリジナルのドレッシングを創作し、そして飯が炊《た》けると、おにぎりを次々とつくっていった。

おかか、野沢菜、シーチキンマヨネーズ、梅干し、鮭、ゴマこんぶ、英昭は手当たり次第になんでも入れ、明日のぶんまでつくってしまいそうな勢いで、熱くなった手のひらを、塩水に繰り返し浸しては、ふっくらと白い三角のそれに、のりを巻きつけていった。

ようやく、すべての料理をつくり終え、冷蔵庫から麦茶の入ったポットを取り出そうとすると、軽い金属音が部屋の中に響いた。すぐさま居間に目を向けると、四肢を結ばれたつぼみが、不安そうな表情であたりを見回していた。籐籠は倒れてゴミを撒《ま》き散らし、台所にあったバナナは、祖母の近くまで引っぱられていた。

「やった！」

英昭が声をあげると、つぼみは手足を動かし、そのたびに卓袱台がずれ、やかんの引きずられる音がした。

「どう、驚いた？　おばーちゃん」

「このすかぽんたん！　おもしろくもなんともないよ」

荒々しく手足を動かすばかりで、ひもをいっぽんも外せないでいるつぼみに近寄り、英昭は足のほうから結び目をほどいていった。しかしバナナに繋がった右腕のひもだけは、どうしてもほどくことができず、英昭は糸切りバサミを手にして、最後のいっぽんを断ち切った。

「……めし、できてるよ」

遊びの時間はもう終わったとばかりに、英昭はぼそりと言って、つくったものを卓袱台の上に運んでいった。軽く四人前はあるおにぎりの山は、どれに何が入っているのかわからなくなっていた。サラダはドレッシングの油ですっかりしなび、卵焼きとめざしの焼いたのは、見るからに冷えきっていた。それでも食べてみると、味はどれも悪くなく、我ながらまあまあのできだと英昭は思った。

「食わないの？」

隣を見てそう言うと、つぼみはようやくおにぎりをひとつ手にし、背中をまるめて黙々と食べ始めた。

「おばーちゃん、怒ってんの？」

「……怒ってないよ」

つぼみの顔に表情はなく、やっぱり怒っているのだと英昭は思ったが、謝るタイミングをうまく摑《つか》むことができず、何も言わないまま、自分のつくったおにぎりを食べ続けていた。つぼみはおにぎりをひとつだけ食べると、すぐに食器を片付け、夜だというのに辞書とノートを取り出して、卓袱台の端で英単語の書き取りを始めた。単語はいまだにDではじまる文字だった。英昭はそばを離れ、散らかすだけ散らかした台所を片付けにかかった。

結局、つぼみは最後まで口数が少ないまま、風呂《ふろ》に入って早々と眠りについてしまった。英昭はあまったおにぎりを仏壇に供え、線香をいっぽん立てると、罪悪感と急なむなしさを覚えるのと同時に、雑音や人混みがたまらなく恋しくなった。予報によると、明日からはまたしばらく雨で、当分、バイク旅行には行けそうにもなかった。それでも準備だけはしておこうと思い、自分の部屋に戻ると、いつ使うことになるかわからない荷物をデイパックに詰め込んでいった。

持っていくTシャツを選んでいる途中、イスの上にまるめておいた寝袋がなくなっていることに気付いた。見回した限り、部屋の中にはそれらしきものはなく、すぐに部屋を出て居間と台所を見にいったが、寝袋はどこにも見当たらなかった。しばらく考えたすえ、もしかしてと英昭は思い、つぼみの部屋の前まで行くと、障子戸の隙間《すきま》から中を覗き込んだ。

暗さに目がようやく慣れ、部屋の三分の一をしめる大きなベッドが、正面に見えた。英昭は目をすがめ、障子戸の隙間を指二本ぶんくらいまで開けた。

ベッドの上はおうとつひとつない、きれいな平らになっていた。窓は半分だけ開けられ、その向こうには、部屋よりはいくぶん明るく感じられる、夜の雑木林が見えた。英昭は静かに戸を開けて中に入った。木々のざわめきと重なり、時計がコチコチと音をたてていた。虫除《よ》け電気マットの匂いがあたりにかすかに漂い、湿りのある温度が全身にはっきりと感じられた。英昭は綿毛布に手をつき、月の光だけを頼りに、ベッドと壁のあいだにできている隙間を覗き込んだ。八月だというのに、つぼみは寝袋にすっぽりと身をくるみ、おだやかな顔付きで寝息をたてていた。英昭はつかのま、息を殺して祖母の寝顔を眺め、畳の目を確かめるように、忍び足で部屋から出ると、青白く光る障子戸をゆっくりと閉めた。

あとがき

ある編集者は言いました。短篇小説というものは、長篇と長篇とのあいだに、もしくは長い小説を書いているときに、ぽろっと生まれ出るものだと。なんとなく、その感じはわかるような気がしましたが、ぼくは気の向くまま短篇小説を書きたかったのです。無理にでも書きたかったのです。そして短篇集をつくりたかった。

気の向くまま、というのは、その当時の気分が短篇気分だったし自分はどちらかというと感覚的に生きているし気分を優先すると何事もおおよそうまくいくだろうと日頃から信じているので。無理にでも、というのは、短篇小説を書くのはきっと難しいだろうなあと前々から思っていてその難しそうなことにあえてチャレンジして自分の技術的なところを鍛えたかったので。

で、短篇小説をまとめて書いて、文芸誌にまとめて掲載してもらって、そうすることを一種の新しさと考え、一息に短篇集をつくってしまおうと思ったわけです。ミュージシャンふうにいえば、シングル同時発売、そのシングルベスト盤、という感じで。全篇をとおして一貫したテーマを授けることは絶対に嫌だと思っていた。たとえば愛とか死とか家族とか。

一貫したテーマを授けると、一冊の本になったときに一つの大きな世界となって、読者には受け入れやすくなる。ある編集者はそのようなことも言いましたが、ぼくは同じ無理でも、無理してテーマを探すことには抵抗があった。連作短篇やアンソロジーものや、コンセプチュアルであることに対して、妙な気恥ずかしさを感じていたのでした。

テーマなんてないことがおもしろいし、それは嫌でも発生してしまう。即興的に掻《か》き（書き？）集めた短篇集。今、書きたいことを書き綴《つづ》っていく。そう思うまま一年くらい机に向かい、できあがったものが本作『消滅飛行機雲』です。文芸誌掲載時は『5／5』というタイトルで載せてもらい、その五本の短篇小説に「消滅飛行機雲」と「パーマネントボンボン」を加え、セブン・ストーリーズに仕立てました。

今回、文庫化にあたって何度か読み直し、当時の心境をふつふつと思い出す一方で、一人の女の子の存在をずっと感じていた。この本の一つ前の作品『男の子女の子』から生まれた一篇「パーマネントボンボン」の中に、自分にとって身近な存在だった一人が、今でもちゃんと息づいているからだ。サワ。主人公の女の子にはモデルがいます。実際の人物と作中の人物のあいだに関連は一切ない。けれど魅力や個性はそのまま描いている。彼女が、彼女の言葉遣いを、きゃはきゃは笑いながら教えてくれた。
ぼくはひとびとの中に宿される永遠を信じています。短篇集の最後の一篇の主人公と同様に、肉体は消え失《う》せてもそのひとは、自分の世界に存在する、と思っている。ふと宙を見上げては、パーマネントの魂を感じ取ろうとする。そして普段でも突然と、会話をするようにはっきりと、彼女の持っていたきらめきがよみがえってくる。永遠に二十八歳のまま、変わることのないサワに、この短篇集をふたたび捧《ささ》げます。

二〇〇五年三月　鈴木清剛

鈴木清剛の「光景」について

石川忠司

鈴木清剛はきわめて映像（絵）的な書き手だろう。しかし、それはたんに彼が映像を生き生きと立ち上げるたぐいの描写――本書の随所に見られる――に長《た》けているという意味ではない。

鈴木清剛の作品の核にはいつもひとつの印象的な光景があって、そこをきっかけに彼の想像力は動き出す。例えば「八月のつぼみ」では、「ベッドと壁のあいだにできている隙間《すきま》」で、語り手＝英昭《ひであき》の祖母のつぼみが「八月だというのに」「寝袋にすっぽりと身をくるみ、おだやかな顔付きで寝息をたててい」る美しいさまこそ、典型的なそんな光景である。

通常の小説の場合、ひとつの光景は物語がリニアに進行していくさいの通過点にすぎず、当の光景は物語の進行につれて別の光景に取って代わられ、その別の光景もさらなる別の光景へと順次移り変わっていくのが常だろう。ところが鈴木清剛の視線はまるで凝固したようにつぼみの寝姿から決して動かない。

「八月のつぼみ」の構成は、つぼみの葬儀に出席した英昭が、「棺桶《かんおけ》の小窓から」彼女の死に顔を拝んでたちまち、「寝袋に入ってい」た「あまりにも滑稽《こっけい》でかわいらしい「つぼみの姿」を思い出し、そうして当の寝姿が見られた十年くらい前のあの頃のこと、まだ学生だった英昭が海沿いの家でつぼみと同居していたあの頃のことが語られる、という次第になっている。

当時、つぼみは英昭のCDを見ては自分もバッハのCDを欲しがり、英昭がバイク旅行のために寝袋を買えば、対抗して（?）自分はセミダブルのベッドを買い、でも実は英昭の寝袋をうらやましがっているみたいで、そしてそういったエピソードの数々は、作品の最後につぼみが寝袋をこっそり拝借し、その中に「すっぽりと身をくる」んだ姿を、読み手にとって——もちろん英昭にとっても——実に感慨深げなものに仕立て上げる重要な伏線の役割を果たしている。

しかし、つぼみと英昭との間の微笑《ほほえ》ましいエピソードの数々は、最終的につぼみの寝姿へと結実するというのではなく、むしろ反対にこの「あまりにも滑稽でかわいらし」い寝姿こそが「八月のつぼみ」の出発点なのだ。鈴木清剛はまずつぼみの寝姿をイメージし、そこからすべてのエピソードを、ひいては全体の構成を組み立てていったとしか思えない。

つまり鈴木清剛は一幅の絵（今の場合はつぼみの寝姿）を前にし、そこから読み取れる意味や含蓄やコンテクストや魅力のすべてを言語化しようと努める美術史家のような存在で、そんな書き手の作品には当然のごとく物語的な動きや起伏は少ないだろう。

例えば「怪獣アパート103号」は、奇天烈《きてれつ》な現代芸術に凝り出し、ついには自分の部屋まで不気味に改造しはじめた秋雄のもとへ、彼女の「わたし」が訪ねていく話で、この作品における基本的な光景（絵）とは、「台所以外は壁にも天井にも、炭色の木材がびっしりと打ちつけられ、床板まで剥《は》がしたらしく、雑草の生えたむきだしの地面には、何本かの樹木が此処《ここ》かしこに植えてあ」る部屋で、電気ノコギリや金槌《かなづち》を手に秋雄が奮闘し、「わたし」が呆然《ぼうぜん》と見つめているといった印象的なそれである。

秋雄をどうしても理解できない「わたし」の不安、誕生日を気づいてもらえないもどかしさ、また「わたし」を無視して一方的に盛り上がる秋雄の異様な精神状態などのエピソードは、あくまでも基本的な光景から読み取られる「美術史」的情報なのであり、言葉を換えれば基本的な光景の枠内に完全に収まる情報にほかならず、したがってそうしたエピソードには光景からはみ出し、当の光景を打ち砕き、別の光景へと物語を進めるたぐいの推進力はない。実際、「怪獣アパート103号」は、秋雄を見つめる「わたし」の不安が凝結したごとく、彼女の不吉な幻想——やはり基本的な光景の延長線上にある——が作品全体を埋め尽くして実に後味悪く終わるのだ。

　しかし鈴木清剛が面白いのは、自らの映像（絵）的資質に自足せず、かといってその資質を捨て去らないでしっかりがっちり保持したまま、同時にリニアな物語をも志向するところにこそあろう。映像（絵）と物語。空間と時間。静止と運動。明らかに矛盾する両者の調停を試みる場合の彼の作風は、大まかには次のふたつのタイプに分類され得ると言っていい。
　①　ひとつの光景から出発してまた再び同じ光景に戻るタイプ。——鈴木清剛の記念すべきデビュー作『ラジオデイズ』を思い出そう。あれは語り手のもとへある日旧友が訪ねて来て、昔親しかったとはいえ長い年月が彼を変えたかも知れず、もしかして一波乱起こるかと予測させながらも結局それはただの杞憂《きゆう》に終わり、旧友はさわやかに去っていく話だった。
　つまりいい奴《やつ》だと思っていたらやはりいい奴だったという至極トートロジカルな小説で、『ラジオデイズ』の基本的な光景はまず「いい奴としての旧友」なる境位に据えられている。そこから物語は出発し、その過程で当初の光景は別の光景に置き換えられると思いきや、再び「いい奴としての旧友」なる境位へと帰っていくのであり、ここで物語の運動は当の運動を否定する契機にほかならない。運動は確かに存在しながら、同じ運動によってなかったことにされるのだ。

こうして鈴木清剛においては「帰還」のテーマが特別な重要性を帯びて現れる。表題作「消滅飛行機雲」は、自転車に乗って兄のいる病院へ見舞いにいく少年・ヨシフミに託し、そんな「帰還」＝「往来」を描いた愛すべき小品である。「ヨシフミは帰りの道も急がなければならなかった。夕方までには家に着いて、いつものようにテレビの前に坐《すわ》り、そして夕飯のときに、今日、病院までひとりで行ってきたことを家族に話す。それが計画のすべてだ。」ひとつの団欒《だんらん》＝光景から同じ「いつものよう」な団欒＝光景への「帰還」をあつかう鈴木清剛の筆致の何と気持ちよく躍動的なことか。そして諍《いさか》いをした男女がヨリを「戻す」過程を描いた「ひかり東京行き」も、やはりこの①のタイプに属することはあえて指摘するまでもない。

さて、映像（絵）的資質の鈴木清剛がリニアな物語を志向したときの、作風のふたつめのタイプはこうだ。

② ひとつの光景から別の光景への移動を不連続的に処理するタイプ。——本解説のこれまでの論調だと、鈴木清剛の小説は物語的な展開＝変化と無縁に思われるかも知れないが、そうではない。ただ本来時間的であるべき変化の処理の仕方が相変わら

ず映像（絵）的、空間的なだけである。

「麦酒店のアイドル」は語り手の並木くんが、アルバイト先のビールバーの同僚でかねてより好きだった咲月《さつき》ちゃんとつきあうことになる楽しげな話で、作品のはじまりでは離れていたふたり（状態A）が終わりでは一緒になっている（状態B）。AからBに至る間で変化が生じたのであり、この変化の過程を連続的・因果的・心理的に説明するのが通常の小説というやつだ。では「麦酒店のアイドル」でのそんな説明部分を見てみよう。

ある日の勤務中、咲月ちゃんは突然ホール係の仕事を放り出し店の外へと飛び出していく。いつまで経《た》っても帰ってこない彼女を心配して並木くんがあたりを探し回ると、公園のベンチで寝ている咲月ちゃんを発見し、でも呼びかけても強く揺すぶっても彼女は一向に要領を得ず、正気に戻らない。結果、並木くんは咲月ちゃんと公園でそのまま一晩過ごすことになる。

右の事件をきっかけにふたりはつきあうようになるのだが、しかしあの晩、咲月ちゃんの身に一体何が起こったのだろうか。

「ねえ、私、ほんとうに何しちゃってたんだろう？」

「覚えてないの？」

「覚えてるのは、あれがやってくる、って思ったところまで」

「あれって？」

「だから、すとんと意識が遠ざかっていくような……わかるでしょう？」

「わかんないよ。咲月ちゃんってさ、ときどきそうなるの？」


要するに「麦酒店のアイドル」では、例えば咲月ちゃんは深刻な悩みを抱えていて、そのあまりの重荷からたまに意識が吹っ飛び、並木くんが咲月ちゃんのそんな性癖に十分な理解を示したゆえにふたりはつきあうようになった、……みたいな分かりやすい因果的説明は一切為《な》されていないわけなのだ。

状態Aから状態Bへの変化は、一枚の絵の次にまた別の絵を見せられるがごとく、あくまでも不連続なものとしてあつかわれているのであって、もちろんこうした処理がたんに手法のレベルで新鮮なのにとどまらず、人間認識のレベルでも下手な因果的・心理的説明よりリアルなのは言うまでもない（「人生最良のとき」が案外退屈なのは、主人公の中根くんが社宅の自室に引き籠《こ》もって外に出なくなる理由が、彼は家庭環境の事情で幼い頃より自分の部屋に憧《あこが》れていたからと、「光景」の小説家・鈴木清剛にしてはまさに例外的に、あっさり因果的・連続的に説明されているためだろう)。

とまれ、本書『消滅飛行機雲』は、常にひとつの光景から出発する鈴木清剛の、小説を構築する上でのさまざまな基本的ヴァリエーションを見せてくれているという意味で、実に貴重な短編集なのではないだろうか。

(平成十七年二月、文芸評論家)

この作品は平成十三年八月新潮社より刊行された。

谷崎潤一郎著
痴人の愛
主人公が見出し育てた美少女ナオミは、成熟するにつれて妖艶さを増し、ついに彼はその愛欲の虜となって、生活も荒廃していく……。

太宰　治著
津　軽
著者が故郷の津軽を旅行したときに生れた本書は、旧家に生れた宿命を背負う自分の姿を凝視し、あるいは懐しく回想する異色の一巻。

高村光太郎著
智恵子抄
情熱のほとばしる恋愛時代から、短い結婚生活、夫人の発病、そして永遠の別れ……智恵子夫人との間にかわされた深い愛を謳う詩集。

檀　一雄著
火宅の人
読売文学賞・日本文学大賞受賞(上・下)

女たち、酒、とめどない放浪……。たとえわが身は〝火宅〟にあろうとも、天然の旅情に忠実に生きたい――。豪放なる魂の記録！

田山花袋著
田舎教師
文学への野心に燃えながらも、田舎の教師のままで短い生涯を終えた青年の出世主義とその挫折を描いた、自然主義文学の代表的作品。

竹山道雄著
ビルマの竪琴
毎日出版文化賞・芸術選奨受賞

ビルマの戦線で捕虜になっていた日本兵たちが帰国する日、僧衣に身を包んだ水島上等兵の鳴らす竪琴が……大きな感動を呼んだ名作。

消《しよう》滅《めつ》飛《ひ》行《こう》機《き》雲《ぐも》

新潮文庫　す－18－2

平成十七年五月一日発行

著者　鈴《すず》木《き》清《せい》剛《ごう》

発行者　佐藤隆信

発行所　株式会社　新潮社

郵便番号　一六二―八七一一
東京都新宿区矢来町七一
電話　編集部（〇三）三二六六―五四四〇
　　　読者係（〇三）三二六六―五一一一
http://www.shinchosha.co.jp

価格はカバーに表示してあります。

乱丁・落丁本は、ご面倒ですが小社読者係宛ご送付ください。送料小社負担にてお取替えいたします。

印刷・大日本印刷株式会社　製本・加藤製本株式会社

ISBN4-10-126432-5 C0193